すり替わった富豪と秘密の子

ミリー・アダムズ 作
柚野木　菫 訳

ハーレクイン・ロマンス

東京・ロンドン・トロント・パリ・ニューヨーク・アムステルダム
ハンブルク・ストックホルム・ミラノ・シドニー・マドリッド・ワルシャワ
ブダペスト・リオデジャネイロ・ルクセンブルク・フリブール・ムンバイ

GREEK'S FORBIDDEN TEMPTATION

by Millie Adams

Published by Harlequin Japan,
a Division of K.K. HarperCollins Japan, 2025

ミリー・アダムズ

昔からずっと本が大好き。自分のことを『赤毛のアン』の主人公アン・シャーリーと、19 世紀に優雅な令嬢の生活から冒険とスリル満点の船上の世界へと突然投げこまれた物語の主人公シャーロット・ドイルを混ぜ合わせたような存在だと考えている。森の端にある小さな家に住み、ふと気づけば息抜きに本のページをめくって読書にふける生活を送る。情熱的で傲慢なヒーローに立ち向かうヒロインという組み合わせに目がない。

主要登場人物

アリアドネ・カトラキス……………実業家。
テセウス・カトラキス………………アリアドネの夫。故人。
ジェームズ……………………………アリアドネとテセウスの友人。
ディオニュソス・カトラキス………テセウスの双子の弟。実業家。
パトロクレス・カトラキス…………ディオニュソスの父。
カルラ…………………………………ディオニュソスの個人秘書。
ラズロ…………………………………〈ダイヤモンド・クラブ〉の支配人。

1

ディオニュソス・カトラキスの隣のスツールは、その豪華さに似つかわしくない、悲劇的な空気を漂わせていた。なぜなら、かつてそこに座っていた男はもうこの世にいないからだ。

ここは〈ダイヤモンド・クラブ〉のバー。スツールをはじめ、何もかも豪華なのは当然だ。この比類ない高級クラブは排他的で、会員資格を有しているのは世界で最も裕福な男性十人だけだ。

だが、この空いたスツールに座るのは女性、亡き夫の会員権を引き継いだアリアドネ・カトラキスだった。

彼女は、超エリートだけを客とするクラブが存在することに違和感を覚えていた。

そもそも彼女はけっしてこのスツールに座るべき人間ではなかったのだ、夫が健在であれば。

そして、ある真実がいつ明らかになるのか、あるいは明らかになることはないのか、彼女にはわからなかった。彼女が知っていたのは、人生が永遠に変わってしまったということだけだ。彼女の幸福は打ち砕かれ、夫と共に想像していた未来は……。

もはや、ついえた。

アリアドネはまばたきをして涙をこらえた。今は泣きたくなかった。

彼女は義弟の隣のスツールに腰を下ろし、ディオニュソスの横顔を見た。高慢で横柄、そしてなじみ深い。顔だちは亡き夫とまったく同じだ。力強く四角い顎に、鋭く角ばった鼻、濃い眉――驚くほどハンサムだ。肌はブロンズ色で、黒い髪は双子の兄より長く、なまめかしい。まるで女性が指で梳（す）いたばかりのように。それが意図的なものなのか、それとも自然にそうなったのか、アリアドネにはわからなかった。

もっとも、ディオニュソスのことは誰にもわからない。

この義理の弟は、夫テセウスとはまったく違っていた。快楽主義で利己的、予測不能。にもかかわらず、恐ろしいほど好感度が高く、人を引きつける魅力に満ちていた。

それこそがアリアドネにとっての真の悲劇だった。ディオニュソスと一緒にいると、いつも温かい気持ちになる。女なら誰だってそうよ、と彼女は自分に言い聞かせていた。

アリアドネは咳払い(せきばら)をした。「終わったわ」

ディオニュソスは眉根を寄せて彼女のほうに顔を向けた。テセウスとそっくりの顔を。

しかし、その趣はかなり違っている。テセウスは重責を担っていて、その顔には花崗岩(かこうがん)のような厳しさがあった。一方、ディオニュソスの顔は一瞬のうちにさまざまな感情を表現することができ、アリアドネはいつもそれに魅了されていた。

「では、あなたは処女の血を浴び、必要な儀式をすませたわけだ」

ディオニュソスはかすかに笑みを浮かべて言ったが、彼女はそこに疲労と悲しみの色を見て取った。

「私が浴びたのは、鳩(はと)の血と儀式に供されたモルモットの血よ。これって女性蔑視?」

「いわゆる〝ピンク税〟だと思う」ディオニュソスはグラスを手に取り、残っていたスコッチをいっきに飲み干した。「きみも飲むか?　今、スタッフはきみが望むものを用意しようとしている。きみはもう、このクラブの会員なのだから」

アリアドネは大理石のカウンターを見つめながら言った。「ええ、そうね」

「葬儀のあとで父がきみに言ったことすべてに、謝罪する」

あの茶番の葬儀では、故人についての真実や深いことは何一つ語られなかった。テセウスにとって本当に大切な人たちが葬儀に参列することもなかった。

「聞いていたの？」

ディオニュソスがグラスをたたくと、バーテンダーが現れ、マッカランのお代わりを彼のグラスについだ。それからバーテンダーは物問いたげにアリアドネをまじまじと見た。

「炭酸水を」彼女は言った。

炭酸水が運ばれてくると、ディオニュソスはそれを彼女のグラスにつぎながら言った。「父が何を言ったかは、聞くまでもなく想像がつく。彼はきみと戦うだろう――金のために」

「お父さまは、あなたが私と戦うべきだと考えているわ」

ディオニュソスは眉をひそめた。「僕が貧乏だから？」

「今は私のほうが少しお金持ちかもしれない」アリアドネは言った。

「何百年も蓄財に励み続ければ、驚くべき額になるからな」彼はマッカランを一口飲んだ。「だが、この状況は父が自らつくりだしたものだ。テセウスときみが結婚するときに、家督を彼に譲ると決めたのだから」

「あなたも知ってのとおり、私たち夫婦に後継者ができたときに、という条件付きでね。でも、ディオニュソス、あなたはまだ知らないでしょう……」

「妊娠したのか？」

その声から察するに、彼はショックを受けたようだ。それとも、気のせい？　いずれにしろ、妊娠は事実だった。アリアドネはテセウスの子を身ごもっていた。それは誰にとっても朗報のはずだった。亡くなったテセウスの一部が生き続けるのだから。

もっとも、妊娠の詳細については、誰にも話すつもりはなかった。

もし真実が明らかになれば、カトラキス家の家長はアリアドネの子供の相続権を剥奪できる。それはテセウスがなんとしても避けたいことだった。彼は、夫婦で会社の舵取りをし、それを子供たちに引き継がせることを、人生の主たる目標としてきた。そして、彼女はそれを必ず成し遂げると約束した。人生をかけて。

今、それを危うくするようなことは、なんであれ、絶対にしたくなかった。

涙があふれそうになったが、アリアドネはなんとかこらえた。

テセウスは彼女にすばらしい人生を与えてくれた。愛と笑いに満ちた人生を。型破りな結婚生活であったとはいえ。

仮に苦労があったとしても、まったく苦労のない人生などあるだろうか？

雨の日曜日にときおり、自分の選択を後悔しない人がいるだろうか？

おおむね、アリアドネの人生はここまで充実していた。今は寂しさを感じているが、ここでくじけるわけにはいかなかった。赤ん坊のことを考えなければいけないからだ。

「それで、妊娠していることをきみは父に話したのか？」

「もちろんよ。私が身ごもっているのはテセウスの大切な後継者なのよ。お父さまがいかにテセウスを愛していたか、あなたも知っているでしょう？」

その言葉にごまかしはいっさいなかった。別にディオニュソスを傷つけるために言ったわけではない。傷つくような繊細な感情をディオニュソスが持っているとは思えないが。

義弟との関係はこのところ、控えめに言っても、ぎくしゃくしていた。

これまで二人の関係の根底には、死ぬまで続くと思える友情があった。彼女が十歳、双子のテセウスとディオニュソスが十二歳のとき、彼らは母国ギリシアの小島で知り合った。夏休みをその島で過ごすたび、仲よく遊んだものだった。

アリアドネはテセウスの物静かで真面目な性格、そして巧みな機知に引かれていた。彼は彼女を笑わせ、彼女の話に耳を傾けてくれた。

一方、ディオニュソスはしばしば感情を爆発させ、暴走した。アリアドネは、ただ見守り、誰も傷つかないよう願うしかなかった。ただ、彼の言動には陽気で無邪気な側面があり、ほほ笑ましさを感じずにはいられなかった。

ディオニュソスの行動は単に無謀なだけでなく、危険だと悟ったのは、彼女の十八歳の誕生日パーティで彼が暴走したときだった。

十年後、その出来事はすべて過去のものとなり、二人が分かち合ってきた歴史はより深く、より重要なものとなった。

兄弟と親しくなるまで、アリアドネは孤独だった。そして、兄弟はお互いがいなければ、父親のパトロクレス・カトラキスの怒りに対処できなかった。パトロクレスは、母国の遺跡と同じくらい古風な精神と、嵐のエーゲ海と同じくらい残酷な性格の持ち主だった。パトロクレスは息子たちに過酷なまでに期待を寄せていた。とりわけ長男のテセウスには。

ディオニュソスより三分早く生まれたテセウスは、カトラキス帝国の後継者として父親の怒りと理不尽な要求の標的となった。パトロクレスにとっては、彼が築きあげた資産と家名を冠した世界屈指の海運会社の維持こそが最大の関心事だったからだ。

彼の息子たちは世界で最も裕福な双子だった。彼らはパトロクレスの男らしさと力強さの象徴であり、貴重な資産でもあった。だからこそ、彼は息子たちをしばしば大声で叱咤し、厳しくしつけた。

テセウスの妻であるアリアドネもかなりの重圧にさらされていた。テセウスの強みは、組織の管理でも財務でもなかった。アリアドネも財務は得意ではないので、友人のジェームズに任せていた。

テセウスの強みは人づき合いの巧みさにあった。彼には、父親にはない思いやりがあった。とはいえ、会社の経営に関して親子はお互いを支え合い、お互いの至らないところを補い合いながらうまくやってきた。

パトロクレスはアリアドネが会社で果たす役割を軽視していた。しかし、彼女は年老いた化石のような残酷な人物の評価など、気に留めていなかった。

ジェームズには感謝していた。彼はここ数週間、〈カトラキス海運〉のすべてを管理していた。そのことに問題がないわけではないが、アリアドネは彼の助けを必要としていた。

「確かに、父は兄を溺愛していた」ディオニュソスはうつろな笑い声をあげた。「それが劇薬でもあることは、きみも知っているはずだ」

「ええ」アリアドネはグラスに目を落とした。「そして、お父さまは私をテセウスの妻として認めてくれた」

ディオニュソスは笑ったが、その目は鋭く、不自然な陽気さが浮かんでいた。「もちろん、知っている。それでも、父はこれまでずっと、きみに厳しく接していた。それも、かなりひどく?」

アリアドネはまばたきをして、ディオニュソスから目をそらした。二人は同じ記憶に縛られているのではないかと、彼女は恐れた。今はまったく思い出したくない。まして共有したくもなかった。

彼女はストレスをコントロールする必要があった。

このところ、具合が悪かった。

〝具合が悪い〟というのは控えめな表現だった。テセウスの事故以来、アリアドネは孤独をかこっていた。無感覚、そして怒り。

どうして世界はこんなにも残酷なのだろう。

二人は子供を持つ準備ができていたが、その子が生まれても、父親に会うことはないのだ……。

「私が会社を支配するのをお父さまが望んでいないのは確かよ。私が全資産の管財人になることも望んでいない。でも、子供ができたからには、彼にはどうすることもできない」

「アリアドネ、きみが金にこだわる人だとは思わなかったが？」

彼女は困窮生活を送ったことはないし、自分にどれほどの能力があるかもわからないが、お金がどのように機能するかは知っていた。重要なのはそこで、アリアドネが相続に関心を寄せているのには二つの大きな要素が絡んでいた。

まずはテセウスの遺産が子供に受け継がれること。次に、テセウスの遺志を継いで、遺産の一部を彼が支援したいと考えていたに違いない活動のために使うこと。なぜなら、世の中にはテセウスのように影の中で生きている子供たちが大勢いるからだ。親からも世間からも自分を隠さなければならず、自分らしく生きることができない子供たちが。

そうした不幸な子供たちのために、アリアドネはなんらかの慈善活動をしたかった。

テセウスが望んでいたようなハッピーエンドはもう望めないが、彼の夢を受け継いて、世界をよりよくするために遺産を使うことはできるかもしれない。少しも世界に変化をもたらす力がないなら、お金になんの価値があるというの？

「きみが妊娠したことを兄は知っていたのか？」

「ええ」ディオニュソスの問いに、アリアドネはうなずいた。彼も私も喜び、興奮し、とても幸せだった。「彼が亡くなる二日前にわかったの」

「兄が亡くなる直前に妊娠できたなんて、きみはなんとも幸運な人だ」

その皮肉めいた口調に、アリアドネはたじろいだ。確かにディオニュソスの言うとおりだ。赤ちゃんがいなかったら、私が会社の経営権を握ることはできないし、カトラキス家のお金が私の懐に入ることはなかっただろう。けれど、たとえそうなったとしても、悲劇ではない。

悲劇はテセウスを失ったことだ……。

「あなたは私のことをよく知っているはずだし、私があなたのお兄さんを心の底から愛していたことも知っているはずよ」

「すまない」ディオニュソスの顔は悔悟に満ちていた。「つまらないことを言ってしまった。金はきみのものだ、アリアドネ。父にはきみから金を取り上げる権利はない」

「私は管財人になるけれど、すべての資産は私とテセウスの子供が受け継ぐでしょう」

「きみは会社を経営し続け、このクラブでの会員資格も引き継ぐ。甥か姪が成人するまで」

彼の声は硬く、厳しかった。ディオニュソスが甥や姪を溺愛する姿は想像しにくかった。さらに言うなら、軽薄な発言や享楽にふけること以外に、彼が何かを言ったりしたりする姿も、想像するのは難しい。子供の頃に彼女を楽しませていたものは、長じるにつれ、危険で恐ろしいものへと変わっていった。ディオニュソスはいつも飽くことを知らないように見えた。

しかし、テセウスがしだいに自分の立場を確立していくのとは対照的に、ディオニュソスは父親の厳格さと束縛に耐えきれず、激しく反発するようになった。その結果、ディオニュソスは独立し、一族とは無関係に財を成した。

テセウスは時折、弟を羨ましく思うことがあると言っていた。弟のように、征服したものを賞品としてあちこちで誇示できたら、どんなに胸がすかっとするだろう、と。

ディオニュソスはプレイボーイだった。彼がベッドに連れこんだ女性は数知れない。週末からの四十八時間に及ぶ乱交パーティが彼の好みだという噂さえあった。

そんな彼を、アリアドネは苦々しく思っていた。テセウスが父親が理想とする長男になろうと努力し、カトラキス家の未来を担って懸命に働いているのに、ディオニュソスは何も考えていないように見えたからだ。彼の人生は父親への反発がもたらしたものだが、意図的かどうかは別として、結果的に兄に対する反発ともなった。

彼は自由だった——次男であるがゆえに。

もちろん、テセウスは計画よりずっと早く父親に逆らうこともできただろう。しかし、彼は長らく父親には従順であれとしつけられてきた。そのうえ、物事を正さなければならないと決心したあとも、実際に行動を起こすのは嫡子が生まれるまで待ちたいと考えていた。

「まあ、血の儀式を考えると、このクラブでの会員資格を維持したいと思っているの」

ディオニュソスは苦笑した。「当然だ。こんなものを手放すなんてばかげている」彼はそう言ってグラスを持ち上げ、豪華な部屋を指し示した。

「あなたには理解できないかもしれないけれど、私にとって〈カトラキス海運〉はとても意味のあるものになったの。私は我が社で働く人たちを知っているし、彼らのことを気にかけている。私たちの仕事は世界を動かし続けるために重要な役割を果たしていて、人々は私たちを頼りにしている。日々の暮らしのため、生きるために。テセウスは、多くの慈善事業をビジネスに組みこんでいる。従業員の給料は引き上げられ、福利厚生も改善された。こうしたテセウスの方針を引き継げるのは私だけ。私と彼は一つのチームだった……」

「そんなパートナーを突然失ったのだから、そのショックは計り知れないな」

「彼は書類を取りにオフィスに戻ろうとしただけなのに、飲酒運転の車にはねられた。責任感の強さがあだになってしまった……」

「まったくもって残念としか言いようがない」ディオニュソスは言った。「もし僕たち兄弟のどちらかが若死にするとしたら、それは僕だとずっと思っていたのだが」

「確かに。私もはそう思っていたわ」

彼が悲しげにほほ笑むのを見て、アリアドネは言いすぎたのではないかと悔やんだが、彼は怒っているようには見えなかった。むしろ、おもしろがっているようだ。とはいえ、ディオニュソスの場合、そう断じるのは難しい。彼女は昔から彼を知っていた。友人であり、十年来の義理の親族で、夕食会や休日に二人は気軽に会っていた。たわいのないおしゃべりに興じ、よく冗談を言い合った。ある年のクリスマスのディナーでは、議論に夢中になったこともある。その場に二人しかいないかのように。

しかし今はもう、お互いを知らなかった。アリアドネはそのことを痛切に感じていた。なぜなら、彼らはここにいて、テセウスはいないからだ。

「本当のことだ」ディオニュソスは言った。

「でも、あなたは巨大なビジネス帝国を築きあげた。自分の人生も含めて、少なくともうわべは何も気にしていないのに、なぜそこまで懸命に働いたの？」

「父が間違っていることを僕がどれほど証明したかったか、きみは理解していない。僕はゼロからスタートして今日の地位と資産を築いた。父は違う。何世代も前から積み上げてきた資産を増やしたにすぎない。父は自分が成し遂げた仕事に不釣り合いな誇りを抱いているんだ。もちろん、テセウスやきみの業績を軽んじているわけではないが」

ディオニュソスの見方は正しい、とアリアドネは思った。ただし、病的な意味で。彼女は炭酸水を一口飲んでから口を開いた。「もし私たちが、技術的にかなり複雑な相続条件を満たせなければ、お父さまはそれこそ誇りにかけて、私から会社を奪い返そうとするでしょうね」

「間違いなく」

「お父さまはオートメーション化を進め、できるだけ多くの従業員を解雇したがっている」

「ビジネスは慈善事業ではないからな」ディオニュソスは冷ややかに指摘した。

「あなたはお父さまと同じタイプの非情な経営方針を貫いているの？」

彼は笑った。「父のような金を稼ぐことにしか興味のない男と一緒にしないでくれ。僕が成功を収めたのは、実用的なデリバリーサービスのビジネスだ。カーサービスから食料品の配達まで。かなりの収益を上げていて、毎日出勤する必要もなくなった。僕は人々の日常生活の利便性を高め、彼らはそれに見合う代価を支払う。その結果、僕は資産を増やし、それを自分の好きなようにできる」

自分の好きなようにできる――その言葉を聞いて、アリアドネはなぜか奇妙な感覚に襲われた。彼女は今や大金持ちで、あり余るほどお金を持っている。テセウスとの友情に人生の多くを捧げてきたが、彼女は心から満足してはいなかった。

ディオニュソスを羨んでいたのはテセウスだけではなかったのかもしれない。この私も……。

そのとき、下腹部に鋭い痙攣が生じ、アリアドネは思わずおなかに手を当てた。

「どうかしたのか？」彼はアリアドネの腕をつかみ、険しい目で彼女を見つめた。

「なんでもないわ、大丈夫」二、三日前から奇妙な痛みに悩まされていたが、主治医は心配ないと言っていた。症状の悪化も、出血もなかったからだ。

アリアドネはスツールから下りたが、痛みはおさまらなかった。それどころか、突然、激痛が走った。だめ。

数日前に痛みを覚え始めたのは、テセウスを失ったショックと向き合っていたときだった。以来、アリアドネは何よりもこうなるのを恐れていた。

赤ちゃんが奪われることを。

だめ、だめよ！

アリアドネが最後に見たのは、すべてが暗闇に包まれる中、ディオニュソスが力強い腕で彼女を抱きかかえようと手を伸ばす姿だった。

2

ディオニュソスは十年ぶりにアリアドネを腕に抱きながら、すべての神を呪った。

これは彼が思い描いていた展開ではなかった。アリアドネの顔は血の気がなく、完全に意識を失っていた。

すぐさま彼はバーテンダーを呼んだ。「ラズロに言ってくれ。ヘリコプターが必要だ。病院にも連絡するようにと」

ディオニュソスはアリアドネを誰もが利用できる医療施設に連れていくつもりはなかった。支配人のラズロなら、わきまえているはずだ。彼は〈ダイヤモンド・クラブ〉の創設者で世界一の富豪であるラジ・ベランジェの右腕であり、きわめて有能な男だった。

一秒たりとも無駄にできなかった。ビルの最上階に着く頃にはヘリコプターが待機しているだろう。ディオニュソスはアリアドネを抱きかかえるなり、エレベーターに駆けこんだ。ドアが閉まったとき、彼は右手に違和感を覚えた。見ると、手のひらに赤い筋が見える。

彼女は出血していた。顔色もひどい。

アリアドネ……。

ディオニュソスは、世間的には、何も誰も気にしない男と見られていたが、実はもっと複雑だった。彼は悪魔を黙らせるために迅速に行動し、怒りを抑えるために笑顔を絶やさない。

今、彼の怒りはとどまるところを知らなかった。テセウスはこの場にいるべきなのだ。世界は残酷だが、正しいことをした兄に残酷な仕打ちをする権利はない。父親が誇りに思う人生を送り、完璧な妻と結婚し、完璧な子供を授かるはずだったのに……。

アリアドネが青ざめてぐったりしていることにも怒りを感じ、彼女の身に何が起こっているのか考えることすらできなかった。なぜなら、もしアリアドネに万が一のことがあったら、この世界で彼が気にかけるものが本当になくなるからだ。

若い時分、ディオニュソスはよく思ったものだった。アリアドネがテセウスを見るような目で僕を見つめてくれるなら、自分の財産はおろか、命さえ捧げてもいいと。だが、周囲のほとんどの人と同じく、アリアドネはテセウスと一緒のほうが安定した人生を送れるとわかっていた。

なのに、まさかこんなことが起こるとは。

テセウスは彼女を幸せにするはずだった。それがディオニュソスにとってはせめてもの慰めだった。たとえ、兄弟がさほど親しくはなかったとしても。

二人は〈ダイヤモンド・クラブ〉で頻繁に会い、食事をしたが、婚約パーティの夜以来、本当の意味で親しく交わったことはなかった。

できるはずがない。

もはやテセウスはこの世になく、修復は不可能だ。今アリアドネのことで頭がいっぱいでなかったら、彼は自己嫌悪に陥っていたに違いなかった。

エレベーターのスピードがいつもより遅く感じられ、ディオニュソスはいらいらした。

ようやく最上階に到着してドアが開くと、予想どおり目の前にヘリコプターが待機していた。彼はアリアドネを強く抱きしめながら急いで機内に乗りこんだ。ヘリコプターがたてる風と騒音で彼女は身じろぎをしたものの、動きはわずかだった。

「急げ！」彼は切羽つまった声で言った。

ヘリコプターは明かりがきらめくロンドン市街の上空を猛スピードで飛び、ディオニュソスが唯一信頼できる病院へと向かった。

もしアリアドネが赤ん坊を失ったら……。

そうなれば、父は会社の経営権を取り戻そうとするだろう。

とはいえ、今ディオニュソスが気にかけているのは、アリアドネが生き延びることだけだった。

彼は多くのことを気にしていなかった。聖なるもの、神聖なるものという概念はとっくに捨てていた。父親の間違いを証明するために精力的に働き、同じように精力的に酒を飲み、女性のベッドを転々としては快楽に溺れた。

そう、ディオニュソスは自分の名――ギリシア神話に登場するワインと放蕩(ほうとう)の神の名前にちなんだ生き方をしようと決めたのだ。

長男ではなかったから。

だが、兄はもういない。

ヘリコプターは今、バースにある医療施設までほんの数分のところまで来ていた。その施設はローマン・バスがあった建物の一つにある。それが絵画のように美しい建物であろうと、ディオニュソスにはどうでもよかった。

建物の一部は近代化され、屋上にはヘリポートがある。到着するやいなや、ディオニュソスはスタッフが用意していた担架にアリアドネを横たえた。突然、腕がなくなったような感覚に襲われた。下を見ると、服が血に染まっていた。

彼は担架のあとを追った。

誰もあとを追うなとは言わなかった。言っても無駄だとわかっていたからだ。

アリアドネは一般病室のような部屋に搬送された。しかし彼は、そこが彼女の容態を安定させるための治療室なのだと悟った。そしてそのとおりになった。

彼女は点滴とモニターの管につながれ、すぐさまチーム総出での治療が始まった。

「輸血が必要なほどの出血はありません」医師の一人が言った。

ディオニュソスがほっとしたのもつかの間、別の医師が言った。

「流産です」

彼は何かを壁に投げつけたい衝動に駆られ、うなり声をあげた。赤ん坊ばかりか、アリアドネは命を失う可能性もあるのだろうか？

痛ましくも彼女はテセウスの最後のかけらと共に、望んでいた未来の最後のかけらも失った。さらに、カトラキス家の資産を手に入れるための手立ても。

アリアドネはすべてを失ったのだ。

「この出来事はこの部屋に永遠に封じられる」ディオニュソスは言った。「何もかも」

「もちろんです」

医師はそう応じたものの、ディオニュソスが言わずもがなの秘匿義務の厳守について言及したことに憤慨しているように見えた。

　彼女が目を覚ましたのは十五分後だったが、ディオニュソスには何時間にも感じられた。

　酸素チューブで顔の大部分を覆われていたアリアドネは彼を見つめて言った。「私、どうしたの?」

「アリアドネ、すまない。きみは赤ん坊を失った」

　流産したことを隠す意味はないと思い、ディオニュソスは率直に告げた。アリアドネの希望が失われたことを知りながら、希望を抱いたまま横たわる彼女を見るのは忍びなかったからだ。

「そう……」彼女の頬を涙が伝い落ちた。

　アリアドネの胸の痛みは言葉にならなかった。それでも、それは間違いなく彼女から放たれていた。ディオニュソスはそれが自分の胸に深く食いこむのを感じた。

　アリアドネは彼の弱点だった――常に。

　数えきれないほどの長い年月、ディオニュソスは他人を慰めたことがなかった。人脈づくりの経験もない。アリアドネは彼にとって数少ない友人の一人だった。

「残念だ」

「もう……子供は産めない」

　彼女の目は赤く、涙が頬を濡らしていた。それでもなお美しい。いずれ別の男がアリアドネと結婚するだろう。別の男が彼女を愛するだろう。今の彼女には想像できないかもしれないが、彼はそれが真実だと知っていた。

「私たちの赤ちゃんだったのに。彼の子が受け継ぐはずのテセウスの遺産はどうなるの? これは最後のチャンスだった。なのに、この子と一緒に、テセウスが〈カトラキス海運〉に注ぎこんだすべてが失われてしまう。彼にとって大切なものすべてが」

「本当に残念だ、アリアドネ」

　アリアドネはごくりと喉を鳴らした。「私たち、やっと赤ちゃんができたと喜んでいた。彼が死んだあとの唯一の光明はこの赤ちゃんだった。彼の忘れ形見がいるというだけで、どんなにつらくても生きていけると思えたのに」

「考えてみれば……僕は彼の一部だとも言える。僕たちはそっくりだ。もっとうまくやっていれば、僕は兄の地位や立場を引き継ぐことができたかもしれない」

「あなたとテセウスはそっくりじゃないわ」

その言い方と声ににじむ侮蔑の響きがディオニュソスの胸に何か暗いものをねじこんだ。「いや、充分に似ている」

そのとき、医師が部屋に入ってきた。「ミセス・カトラキス、あなたをもっと快適な場所にお移しします」

「わかりました」アリアドネはそう応じたものの、心ここにあらずといった面持ちだった。

ディオニュソスは彼女が車椅子に乗せられて出ていくのを見届けたあと、携帯電話を取り出して年配の個人秘書カルラに電話をかけた。「来週の会議をキャンセルしてくれ。緊急の案件が生じたんだ」

カルラを雇ったのは、彼女が気性の激しい人（ドラゴン）で、気に入らないことがあると彼を怒鳴りつけ、両親のどちらもなしえなかった奇妙な快感をもたらしたからだ。母親はディオニュソスをいじめ、父親は彼に手を上げた。カルラはちょうどその中間だった。

案の定、個人秘書はため息をついた。「それはつまり、あなたが享楽にふけるということかしら？」

ディオニュソスは殺風景な室内を見渡した。「ああ。申し訳ないが、今、二人のスーパーモデルが僕のリムジンに乗りこんでいる」

「あなたは幸運ね、さまざまな才能に恵まれて」カルラは苦々しげに言った。「さもなければ、オーナーがオフィスに寄りつかない会社にお金をつぎこませるなんて、とうてい無理だもの」

「ああ、確かに僕は幸運だ」

ディオニュソスは電話を切り、アリアドネが移された回復室に向かった。彼女が退院するまでそばを離れるつもりはなかった。ここ数年、彼は兄のためにほとんど何もしてやれなかった。そのせめてもの償いに、亡き兄の妻の力になろうと決意していた。

まるでスパのようだった。ただし、アリアドネの悲しみは深まるばかりだった。本当にすべてが崩れ落ちていくように感じた。

彼女が滞在していた部屋には豪華なジェットバスがあり、湯につかると、痙攣が和らいだ。長びく痙攣はそのたびに喪失感を思い出させた。

ああ、私は赤ん坊をだめにしてしまった……。

こんなふうに傷つきたくはなかった。けれどこれまで、アリアドネは痛みを感じないようにするために多くの手段を講じてきた。

子供の頃の彼女は、父親が引っ越しのたびに持ち運ぶスーツケースのようなものだった。父親の新しい家に置かれ、そしてまた荷造りされる。その間、父親は人間関係の構築に力を注いでいた。

父親の興味は、最初の結婚が破談になったときに残された小さな娘より、新たな恋愛や再婚のほうに向いていた。とはいえ、父は娘のために衣食住は確保してくれている、とアリアドネは思っていた。

何も言わずに出ていった母親を、彼女は恋しいとは思わなかった。自分の人生でさしたる役割を果たしたことのない人間を、どうして恋しく思えよう？自分は違うタイプの母親になろうと、アリアドネは誓っていた。子供というのは、結婚がもたらす贈り物の一つだと思っていた。我が子が孤独にならずにすむよう常にそばにいるつもりだった。自分のような寂しい思いはけっしてさせないと。

テセウスは子供ができるのを待ち望んでいた。彼とアリアドネは親密な結婚生活を送っていたわけではなく、人工授精で子供を持つつもりだった。

しかし今、彼女はいろいろなことで彼に怒りをぶつけたかった。もっと早く人工授精に踏み切らなかったこと。胚(はい)や精子を凍結保存しておかなかったこと。そして、ここに一緒にいてくれなかったこと。

彼はもういない。なんて理不尽なのだろう。

彼女の中にはぽっかりと、しかも底なしの穴があいていた。その悲しみは、人が想像しているようなものとは違うが、限りなく深いものだった。

テセウスはいちばんの親友であり、常に寄り添ってくれる伴侶だった。彼が亡くなると同時に、おなかの子がアリアドネの唯一の、そして最後の希望だった。再び幸せになるための、冷たさや暗さや悲しみとは無縁の未来を手に入れるための。

アリアドネは携帯電話を手に取り、ジェームズからのメールを見た。返信しなければならないが、今はできなかった。パトロクレスと相続の件で決着がついていない今は。

自分のためではない。従業員のためだ。さらに言うなら、テセウスのためであり、ジェームズのためでもあった。

廊下から足音が聞こえてきた。まるで宇宙が彼女に、自分は一人ではないことを思い出させるかのように。ディオニュソスは二日前に彼女をここに連れてきて以来、ずっと付き添っていた。

アリアドネは携帯電話を置き、部屋に入ってきた彼に言った。「あなたのライフスタイルを乱すのは、心底いやでたまらないの」

ディオニュソスはかろうじてテセウスの葬儀に間に合った。二日酔いでやってきたうえ、女性を腕に抱えて帰っていった。

「信じてくれ、僕はきみの邪魔はいっさいしない。

今のきみには一緒にいてくれる誰かが必要だ」

「そうやってお兄さんの役に立ちたいというのなら、ちょっと遅すぎたんじゃない？」

その言い方はフェアじゃないと思い、ディオニュソスは顎をこわばらせた。「ここ数年のことは申し訳なく思っている。もっと兄と親しくしていればよかったと悔やまれてならない」

テセウスとアリアドネも仲むつまじいとは言えなかった。それは一つの隠し事がきっかけだったが、もちろんディオニュソスはそのことを知らない。

二人の結婚生活は見かけほどうまくいっていなかった。何年も前の婚約パーティでの喧嘩は、ディオニュソスが信じていたようなものではなかった。

もし彼が真実を知ったら……。

けれど、そうなったら、テセウスの配慮や努力が水の泡になってしまう。

アリアドネは立ち上がり、テラスに出た。テラスからは、果樹や手入れの行き届いた小道、見事な生け垣のある美しい中庭が見渡せた。あまりの美しさに、嘲笑されている気がした。遠くには車が走っているのが見える。人生は続いていくのだ。しばらくの間、時を止めたい、とアリアドネは思った。

「流産したことをお父さまに話したんでしょう？」

「いや」ディオニュソスは即座に否定した。「なぜ僕の口から父に話さなければならないんだ？」

「だって、彼はいずれ知ることになるから。そして、会社をあなたに譲るか、それとも彼自身のものにするか、決めるはず」

「父には話していないよ。それに、ここのスタッフも口外はしない。守秘義務があるし、僕も念を押したからな」

「でも、職場ではきっと……」

「電話をかけた。きみには悲しむ時間が必要だと言っておいた」

「ええ、まんざら嘘ではないわ」

「悲しみというのは不思議なものだ。時間がたつにつれ、より大きくなる場合があるという。ショックが和らぐのと入れ替わりに」

アリアドネは振り返り、思案げな目でディオニュソスを見た。彼は自分のことを言っているのだろうか？　彼の表情からそれを判断するのは難しかった。しかし彼女は、ディオニュソスが無感情ではないことを知っていた。つき合いが長いだけに、彼はとても深い感情を有する人だとわかっていた。少なくとも、かつてはそうだった。これまで口にした中でいちばんおいしい食べ物のこととか、どこかで見た夕日がいちばん美しかったとか、感情豊かに話す姿を、彼女は覚えていた。

けれど、ディオニュソスは変わってしまった。彼の情熱が肉体的な追求へと向き始めたときから。それでも、彼のどこかにはそうした感情豊かな側面が残っていると感じていた。

つまるところ、双子の兄の死に対するディオニュソスの悲しみは、生々しいものに違いない。

「ありがとう」アリアドネは言い、目を閉じた。そして失ったばかりの夢を忘れようとした。だが、できなかった。

そして突然、ある考えが降臨し、アリアドネはぱっと振り返って彼を見た。

「あなたはテセウスと瓜二つだわ」

「きみは先ほど、僕たちは似ていないと言った」

「ええ。でも、遺伝子レベルでは同一よね？」

「たぶん」ディオニュソスは答えた。「一卵性双生児だからね。僕と兄は自然界のコピーペーストだ」

「つまり、DNA鑑定では、子供の父親がテセウスなのかあなたなのか、判断がつかないことになる」

アリアドネの心臓が激しく打ち始めた。「ディオニュソス、私はあなたの子を産みたい」

3

　ディオニュソスはこれまで、何事にもほとんど衝撃を受けずに生きてきた。少なくとも受けないように努めてきた。しかし、アリアドネの発言にはどうしようもないほどの衝撃を受けた。

　その事実は、ディオニュソスにとってアリアドネがどういう存在かを物語っていた。彼女は、ほかの誰にもできないこと、すなわち彼の心の奥深くに入りこんでいた。

「きみには……」ディオニュソスは動揺を抑えてなんとか声を絞り出した。「何か具体的な考えがあるのか？」

　彼には考えがあった。それは鮮明で、状況を考えれば冒涜的とも言えるものだった。なにしろ兄が死んでからまだ二週間しかたっていないのだ。

　彼女は義理の姉であり、彼にとってはこれまでと同じように禁じられた存在だった。しかも彼女は今、流産した直後で衰弱していて、回復途上にあった。

「人工授精よ」アリアドネは答えた。

　ディオニュソスの唇がゆがんだ。「僕が病院のトイレに入り、自らの手で処理したものをきみに提供することを期待しているのか？」

「まさか。あなたは億万長者よ。豪華な寝室に入ってすればいいのよ」

　アリアドネは彼と目を合わせた。表情は大胆だが、頬は真っ赤に染まっている。

　まさにアリアドネだ。

　彼女がテセウスに夢中になっていることに、ディオニュソスはショックを受けた。兄を愛していたが、兄には生真面目なところがあった。ディオニュソスのような闘争心はなく、兄が怒りをあらわにしたことはほとんどなかった。一方、ディオニュソスはしばしば、怒りが自分を支えていると感じていた。絶望的な状況に陥ったときも、怒りが彼を突き動かした。

おそらく、それがディオニュソスとアリアドネを隔てていた原因だったのだろう。正反対のテセウスは、彼女にとって近づきやすかったに違いない。

しかし、少女時代のアリアドネは大胆だった。

ディオニュソスは、野生児のように島を駆けまわっていた彼女の姿をよく覚えていた。初めて会ったとき、アリアドネが砂浜の向こうに住居を新築したばかりの裕福な家の娘だとは知る由もなく、料理人の娘か厩務員の娘だろうと想像していた。

父親は息子二人のすることすべてに過度の関心を寄せ、鉄拳で彼らを支配した。それとは対照的に、アリアドネの父親は、自分に娘がいることをほとんど覚えていないように見えた。彼女は乳母に育てられ、大きくなるにつれて独りぼっちになっていった。

宮殿のような屋敷に隔離された孤独な少女を、テセウスとディオニュソスは熱烈に迎え入れた。

アリアドネは裸足で岩をのぼり、滝壺に飛びこんだ。黒い髪はいつも乱れ放題だった。

テセウスと結婚してから、彼女は変わった。

兄弟は少年時代のような親密さはなかったが、しばしば休日を一緒に過ごした。二人とも世界で最も裕福な双子で、あの〈ダイヤモンド・クラブ〉の会員だった。同じチャリティ・イベントにもよく参加していた。もちろんアリアドネも出席していたが、イベントでは彼女はかつての野性味を消し、洗練された社交界の花として振る舞った。

しかし、今アリアドネの目に認めた激しい炎こそ、ディオニュソスが彼女に期待していたものだった。

少なくとも昔のアリアドネは、懸案が生じたら、それが解決するまでけっして放り出さない。粘り強く立ち向かっていく。ディオニュソスは何年もの間、この女性のそうした片鱗（へんりん）を見てきた。かつて彼女が持っていた野性的なものの片鱗を。それを引きずり出したいと、彼は常に思っていた。

　最後に二人で出席したイベントで、彼女を誘惑したことを、ディオニュソスは今なお覚えていた。

　かつてのアリアドネだったら、シャンパンのボトルを盗んだり、噴水に飛びこんだりするよう彼を挑発したに違いない。あの女の子は恐れ知らずだった。

　残念ながら、二人とも大人にならざるをえなかった。

　そう、僕たちはネバーランドの住人ではない。もはやウェンディとピーターのような二人を見ることはできないのだ。

　ところが今、目に炎を宿した少女が戻ってきた。アリアドネの要求は彼の胸を引き裂いた。

「きみは僕を……きみの子供の大好きなおじさんに仕立てたいのか？」ディオニュソスは尋ねた。

「ええ」アリアドネは穏やかな口調で答えた。「あなたは子供は欲しくないんでしょう？」

「ああ」彼は一言で答えた。

　たとえディオニュソスの中に血統をつないでいくという考えがあったとしても、結婚して子供をもうけるかもしれないと一瞬でも考えたことがあったとしても、とっくの昔に諦めていた。そして今、それを復活させる理由はない。

　少なくともこの話し合いの間は。もう持つことのできない夫の跡継ぎを、ディオニュソスがアリアドネに——少年時代からたびたび夢に現れた女性に与えるというこの話し合いの間は。

「だったら、何が問題なの？　多くの人が自分の遺伝子を配偶者以外に提供しているけれど、だからといって彼らが生まれた子供の父親や母親になるわけではないわ。実際、私に母親はいなかった」

「いや、それとこれとは話が別だ。なぜなら、おそらく僕はその子の人生に関わることになるからだ。それが物事を複雑にする可能性がある」

「それって、悪いことかしら？　父親としての責任を負うことなく、子供の人生に関わることが？」

明らかにアリアドネはメディアがディオニュソスについて言っていることを信じていた。もはや彼女は彼のことを、森で自由に駆けまわっていた頃の少年とは思っていない。たとえ誰かが彼の子供を産んでも、それをなかったことにできる男になったと思っているのだ。

実際、メディアはディオニュソスをそのような男であるかのように書きたてたが、彼は気にしたことはなかった。しかし、今は気になった。

「子供にはなんと言うつもりだ？」

彼女は驚いたように見えた。「子供はまだいないのだから、考える時間はたっぷりあるわ」

「きみはどんなシナリオを思い描いているんだ？　妊娠してから少なくとも一カ月はたっているんだろう？」その言葉は我ながら冷淡に聞こえた。

「時期のことを心配しているの？」アリアドネは目をしばたたいた。

「きみの計画の信憑性を気にするのはけっして間違ってはいない」

「テセウスが何か問題が生じたときに備えて精子バンクを利用していたと、お父さまには言うわ」

「わかった」ディオニュソスは彼女の計画がうまくいく可能性を認めざるをえなかった。

テセウスのような立場の男なら、おそらくそうしたに違いない。実際、彼は兄がそうしていなかったと知って驚いていた。

「じゃあ、流産したことは認め、その後に人工授精をしたと主張するのか？」

「ええ、時期についての疑問が生じた場合は。そうなれば、お父さまは間違いなくDNA鑑定を要求するでしょう。もちろん私は受け入れる。けれど、子供があなたの子なのか、テセウスの子なのかは知りようがない。兄弟のどちらの子か判別するには、大がかりな遺伝子配列の解析が必要になるけれど、テセウスが亡くなっているので、ほぼ不可能」

アリアドネは喉をごくりと鳴らした。

「これが非常に難しく、とても利己的な計画であることはわかっているわ。でも、テセウスが死に、赤ちゃんも失われた今、利己的だとは感じないし、後ろめたいとも思わない。私はいやなの、このまま打ちのめされるのも、あなたのお父さまの言いなりになるのも。ディオニュソス、あなたに知っておいてほしいのは、夫がお父さまを憎んでいたことよ」

ディオニュソスは心の底から驚いた。彼にとって、テセウスは父親の操り人形だったからだ。ずっと父親の言いなりになってきた兄が父親を憎んでいたなど、にわかには信じられなかった。

兄弟のどちらも父親との関係が複雑であることは知っていたが、テセウスは父親を喜ばせようとするあまり、ストックホルム症候群のような状態に陥ったのだと、ディオニュソスは確信していた。

もちろんディオニュソスは心理学者ではないが、虐待癖のある親とその子供の関係がいかに複雑かはよく知っていた。

「そんなこと、兄は僕に一度も言わなかった」

「そうでしょうね。テセウスにとっては、その秘密を守ることは重要だったから。なぜなら、〈カトラキス海運〉における地位と権力を失いたくなかったから。テセウスは状況を変えようと努力した。彼が引き継いだとき、会社がどんな状態だったか、あなたには想像もつかないでしょう」

「なぜ兄は会社の経営状態について公表しなかった

んだ？」

「会社のためではなく、従業員の待遇上の理由からよ。職場の安全、そして賃金。違法なことがまかり通っていて、テセウスはそれらすべてにメスを入れ、従業員の待遇を劇的に改善した。あなたのお兄さんはすばらしい人だった。あなたは彼があまりに早く逝ったことに腹を立てているかもしれない。私もそう。彼は周囲のすべてのことをとても深く気にかけていたから、時がたつにつれて、背負うものもどんどん重くなっていった。一つだけ確かなのは、お父さまが再び〈カトラキス海運〉に首を突っこむのは絶対に許されないということ。私は会社を守らなければならない。そして、テセウスの遺産を手に入れたい。その遺産とは、あなたのお父さまとは似ても似つかない子供を育てることよ。父親がいなくても、胸の中に誇れる父親を持つ子供を」

「きみ自身のために？」

「ええ、もちろん……」

アリアドネの声は急に小さくなり、途方に暮れたように見えた。

「今は自分のことなんて考えられない。あまりにも多くのものを失ってしまったから。失ったもののことを考え始めたら倒れてしまいそうで、とても怖いの。だから、今は自分のことを考える余裕はない。私にできるのは、前を向いて進み続けることだけ。それで、私に協力してくれるの？　それともお断り？」

実質的にはディオニュソスに選択肢の余地はなかった。そんな追いこまれたような状態は嫌いだった。とはいえ……。

兄が背負ってきたもの、兄がやってきたことを聞いて、ディオニュソスはこの数年間、兄といささか疎遠だったことに極度の罪悪感を抱いていた。

彼はテセウスに借りがあった。しかし、それを彼女に告白するつもりはなかった。

「わかった。詳細について取り決めよう」

「ありがとう。お医者さまに相談するわ」

打ちひしがれているように見えても、アリアドネは強かった。彼女の黒い髪は、かつての少女を思い出させた。もはや滑らかなお団子ではなく、奔放なカールが顔を縁取り、背中へと落ちているが。

顔色は青白い。それでも、彼女は強かった。

アリアドネは昔から華奢で、小柄だった。そしていつも計り知れない強さを秘めていた。そして今、その華奢な女性が、兄の遺産の重みを背負っている。自分のことはいっさい考えずに。

「きみの安全を第一に考えてくれ。兄の遺産という祭壇の上できみが犠牲になるのは許さない。きみがほかの女性よりも出血の危険性が高いかどうかを知る必要がある。僕の言うことがわかるか？」

アリアドネは彼を見た。「それについて、なぜあなたが何か言わなければならないの？」

「兄は〈カトラキス海運〉のために自らを犠牲にしたように見える。一族のために誰かが殉教者になるのはもう終わりにしたいんだ」

「私は殉教者じゃないわ。正しいことをしようとしているだけ。それがあなたの自由主義的な生き方とは相反することは承知のうえよ」

「アリアドネ、火の中に飛びこむ方法は一つじゃない。もっとも、きみがそうする理由はないが」

「私は子供が欲しいの」アリアドネはか細い声で言った。「あなたも知ってのとおり、少女時代の私はとても孤独だった。両親は私の存在をほとんど認めてくれなかった。今でもね。私は自分が持ったことのない、いい母親になりたい。ただ単に遺産のために子供を産もうとしているんじゃないの。子供を産んで愛したい。そして、もし子供を授かることができなければ、大切なスタッフと、夫と共に立て直し、今では私の一部となっている会社を失うばかりか、私自身が計画していた未来を失う羽目になる。私は完全に独りぼっちになってしまう。テセウスは私の親友だった。この世で最も親しい人だった。なのに、彼はもういない。電話で話すこともできない。〝おはよう〟を言うこともできない。頼るべき人の腕の中で、夫と我が子を失った悲しみにどう対処したらいいのか考えることもできない」

「本当に残念に思う」ディオニュソスは胸に熱い感情がこみ上げるのを自覚しながら言った。「だが、僕はきみから何も奪っていない」

「ええ、わかっているわ。ただ、あなたがお兄さんを愛していること、そして私とあなたが長い間分かち合ってきた友情に免じて、どうか決断して」

「わかった。ただし、妊娠したら、僕のところに来ること。きみを一人にはさせない」

「でも、あなたは家にいないでしょう」

「いるようにする」

「支配的な態度はとらないで」彼女は言った。

「きみにとって何か不可欠な部分を補おうとするのが支配的だと？」

それは質問ではなかった。ディオニュソスはアリアドネの安全を図るために、自分のライフスタイルをすべて調整するつもりでいた。彼には大切な人などほとんどいないが、アリアドネは数少ないその一人だった。兄のテセウスも。

彼女の言うとおり、二人への思いが今の彼を突き動かしているのだ。

その後、主治医がやってきて今日の退院が許可されると、ディオニュソスはできるだけ早く、そして慎重にアリアドネをイギリスから連れ出すために尽力し、自家用ジェットを手配した。

もちろん、彼女の指摘どおり、普通のクリニックで人工授精を試みるつもりはなかった。彼らには完壁なチームを組むだけの経済力があった。

ディオニュソスは予防措置については得意だが、妊娠そのものについてはあまりよく知らなかった。しかし、妊娠についてもなるべく早く専門知識を身につけるつもりだった。

「私のタウンハウスに帰るの？　それとも……」アリアドネは尋ねた。車は空港に向かっている。行き先は明らかに彼女の家ではない。

「いや」ディオニュソスはたった一語で返した。

「言ったはずよ、支配的な態度をとらないでって」

「きみは僕の精子を求めた。僕たちは以前ほど境界線が明確でない奇妙な状態に陥っている」

「ディオニュソス……」

「僕たちはギリシアに行く」彼はしばしの間をおいた。心の奥底を覆うカーテンを開け、隠しておきたいことをさらけ出そうとしているかのように。「あの島を買ったんだ。知っているだろう？」

アリアドネは目を見開いて彼を見た。「いいえ、知らなかった。なぜ私が知っていると思うの？」

彼女が知らなかったという事実に、ディオニュソスは胸のあたりがざわつくのを感じた。

「テセウスから聞いていると思ったんだ」

「いいえ、何も聞いていないわ」

「残念だな。いい思い出もあるのに」

「あなたにとってはね。あなたの父親は、テセウスにとっては恐ろしい存在だった。テセウスは――」

「あの島にいてもいなくても、僕たちにとってはひどい父親で、いつも僕たちと一緒にいた」ディオニュソスは軽くこめかみをたたいた。「父の最大の目的は、僕たちの心の中に居着くことだった。そうだと思わないか？　当時、父の言葉は毒そのものだった。おまえにはなんの価値もないとか、おまえはけっして充分ではないとか」

アリアドネは息をのんだ。「ええ、そう思う」

「きみはそれが真実だと知っている。おそらく兄は、あの島にある種のトラウマを感じていたのだろうが、僕は違う。もし僕に幸せだったと思える場所があるとしたら、それはあの島だ」

その言葉を口にするまで、ディオニュソスはそれがいかに紛れもない真実であるか気づいていなかった。彼は島で過ごす時間が大好きだった。アリアドネと出会った場所だから。自由があったのはあの島だけだったから。イギリスにいるときは、マナーハウスに閉じこめられ、教師たちが兄弟のすべての行動を指図していた。アテネにいるときも同様だった。父親が経営する会社は両国にオフィスを構えていたため、ほとんどの時間を両国で過ごした。父親はギリシア人の血を引いていたが、国籍はイギリスであることが多く、母親はイギリス人だった。

それでも、ギリシア語はもちろん、スペイン語、日本語、中国語を話すことを要求された。彼らを欠点のない人間にするという父親の教育方針に沿ったものだった。

結果的に、それはディオニュソスにとってビジネスにおける大きな財産となった。快楽の面でも。女性を誘惑するときに言葉は無用な場合が多いが、初歩的なレベルであっても意思疎通ができるのはありがたかった。言葉の壁がなくなることで、より深く楽しめるのは確かだ。

父親が息子たちが自身の誉れとなることを本気で期待しているのか、それとも単に親としての支配力や権威を見せつけたいだけなのか、ディオニュソスには判断がつきかねた。息子たちの教育を事細かに管理することは、息子たちそのものを管理するのと同義だった。父親は兄弟の心まで支配していたのだ。

「私もあなたと同じ。島では幸せだった」アリアドネは優しげな声で言った。

ディオニュソスは驚いた。なぜなら、テセウスのいないときに彼女との間で起きた出来事が心に重くのしかかっていたからだ。もっとも、罪悪感は抱いていなかった。彼はアリアドネを求めていたし、彼女を味わうまたとないチャンスだった。そして、兄との仲がぎくしゃくしたことは後悔していたが、彼女にキスをしたのを後悔したことは一度もなかった。

「だから、私は島に行くのはかまわない」彼女は続けた。

だが、アリアドネは島を訪れはしなかった、とディオニュソスは気づいた。テセウスが望まなかったからだ。

テセウスはディオニュソスが島を買ったことを知っていた。二人は昨年、〈ダイヤモンド・クラブ〉で酒を酌み交わしながらその話をしたばかりだった。

テセウスは、あの島は嫌いだなどと露骨には言わなかった。いつもどおり、社交的で気さくだった。予定が合えば、アリアドネと一緒に喜んで島に行く、と言った。

だが、彼らが来ることはなかった。彼らが来ないのは、アリアドネが拒んでいるからだ、とディオニュソスは決めつけていた。自分の胸の痛みをアリアドネと結びつけて考えていたせいで。もしそれを兄と結びつけ、テセウスを責めていたら、後悔の念にとらわれていただろう。

ディオニュソスは何があろうと双子の兄との関係を断ち切るつもりはなかった。

そして今、双子の片割れはこの世にいない。

二人が乗った車は空港の自家用機専用発着場に入った。そしてディオニュソスのプライベートジェットに直行した。彼は先に車を降り、アリアドネが降りるのに手を貸し、それから体を支えた。

「大丈夫、気を遣わないで」

「転んでほしくないんだ。きみはまだ完全には回復していない」

「そんなに弱って見える？」アリアドネは彼を見上げ、緑色の目をきらきら輝かせた。「たとえば、私のどこが？」

華奢な体つきにもかかわらず、アリアドネが弱々しく見えたことはなかった。それゆえ、〈ダイヤモンド・クラブ〉で彼女が倒れたとき、ディオニュソスは恐怖に駆られた。

すべてがあまりに生々しく感じられた。あまりにも恐ろしかった。世界は昔から残酷だが、あのときほど残酷に見えたことはなかった。

「お父さまの家はまだ島にあるの？」

「いや。家は二軒とも倒壊し、僕が後始末をした。それから、自分のために新しい家を一軒建てた。島にはほかに何もないし、誰もいない」

彼女は明らかにショックを受けていた。「そうなの？」

「僕は常々、完璧な楽園とは、家族のいないところだと思っていた。思う存分、歩きまわれるところ。僕はそれを自らの手でつくったんだ」

「それで、毎週末、その家で大規模なパーティを開いているわけね？」

「いや」ディオニュソスは苦々しげに答えた。「そんなことはない」

アリアドネは困惑した様子で言った。「私は……そうだと思っていたけれど」

怒りがこみ上げ、彼はそれを抑えようとしなかった。「アリアドネ、きみは僕のことをどれだけ知っているんだ？　タブロイド紙に載っていることしか知らないのか？」

彼女がほかの者たちと同じように、タブロイド紙の記事を通してしか自分を見ていないことがなぜこんなにも腹立たしいのか、ディオニュソスは自分でもわからなかった。

記事が虚偽だからではない。おおむね真実に近い。

ディオニュソスは無類の放蕩者だった。人生の苦しみを麻痺させるには、怒りを抑えるには、セックスに溺れるのがいちばんだった。そして、その対処法は、これまで大切にしてきた唯一の女性を失ったときに確固たるものとなった。

ディオニュソスは変わったのだ。

とはいえ、彼はいまだにアリアドネが知っていた少年でもあった。彼は人里離れた、手つかずの自然が残る場所に安らぎを見いだしていた。滝壺で泳いだり、砂浜に寝そべったり、オリーブ畑を散策したりしながら、本来の自分を見つけていた。彼はただ、行く先々であらゆるものを貪る貪欲な怪物というだけでなく、すべてを楽しみに変えた。

だが、それが彼のすべてではないことを知るべき人間がいるとしたら、それはこの世でただ一人、アリアドネだけだった。

テセウスはアリアドネに僕のことをどんなふうに話していたのだろう？　ディオニュソスの中でそんな疑問がふと湧いた。最後に会ったとき、兄はいつもと変わらず快活だった。しかし、僕に対するテセウスが抱いていたイメージが、アリアドネの僕に対するイメージを形づくったのは間違いない。

「だったら、私はどう考えればいいの？　あなたとはもう何年もの間、親しくはしていない。ほかのビジネス関係者でいっぱいのイベントや休日のディナーで世間話をする程度では、親しい間柄とは言いがたい。昔のように話すこともない。私たちは子供ではなく、それぞれの生活がある。あなたは家を出て起業し、大企業に育てあげた。テセウスは、芯から腐っていた〈カトラキス海運〉を再生させた。二人ともすばらしいわ。でも、この数年、距離があったことは、あなたも知っているはずよ。私たちはしばしば会って談笑したけれど、私はあなたの暮らしぶりについて、メディアを通して知ったこと以外は何も知らない。私たちは冗談を言い合っても、まじめな話はしない」

アリアドネがプライベートジェットのメイン区画にある革張りのソファに腰を下ろすと、ディオニュソスは向かいの椅子に座った。

「きみはそう思っているのか、僕は見知らぬ男になってしまったと？」

「だったら、あなたのこれまでの人生について話して。そして私が間違っていることを証明して」

「きみも、きみの人生について僕に話すべきだと思う」なぜなら、ディオニュソスは彼女の人生についで自分が本当に知っているのかどうか疑い始めていたからだ。彼はアリアドネのことを常にテセウスと重ね合わせて見てきたが、兄が亡くなった今、ディオニュソスは彼女と兄との間には大きな隔たりがあるように感じていた。何か深い溝のようなものが。

「あなたが先よ」彼女は言った。

「僕は世界で最も裕福な男の一人だ」

「知っているわ」アリアドネは淡々とした口調で言った。「〈ダイヤモンド・クラブ〉の会員だもの。とんでもないお金持ちであることはウィキペディアをのぞけばすぐにわかる。私が知りたいのはインターネットで集められる情報以上のことよ」

ディオニュソスはこの一年でやったことを振り返った。島の再建――それがいちばん大きな仕事だった。秘密でもなんでもないのに、誰も知らなかったのは、たぶんそれがつまらない情報だったからだろうし、メディアでの彼のイメージにそぐわなかったからに違いない。人は誰も、自分のつくった物語に固執する。

だから記事にならなかったのだ。

それから、旅。ディオニュソスはどの都市でもぼんやりと過ごしていた。

会議。何を話せばいいのか、彼にはわからなかった。かつて彼らは夢について語り合った。しかし今、彼はまさにその夢を生きていた。だとしたら、何を話せばいいんだ？

「あなたの典型的な一日を教えて」彼女は言った。

「それこそ、メディアのインタビューでよくきかれることだと思うが？」

「いいえ。私は正直に答えてほしいの、メディア向けではなく」

「わかった」ディオニュソスはうなずいた。「正午近くに起きて、一日が始まる」

「信じられない」アリアドネはかぶりを振った。

「なぜだ？」

「世界的大企業を経営しているあなたがそんなに遅く起き出すなんてありえないからよ」

「その〝世界的〟というのが鍵だ。世界的だからこそ、早起きする必要はないんだ」

「なるほど。あなたは夜型なのね。昔からそうだったた。夜遅くに海岸に行くと、あなたがいたのを覚えているわ」

彼女の記憶力のよさにたじろぎながら、ディオニュソスは言った。「ああ、そうだったな」

「続けて」

「まずは濃いコーヒーを飲んで、二日酔いを無視して仕事の打ち合わせを始める。午後九時頃まで働き、それから出かける。もちろん、外出は仕事と結びついている場合が多い。投資家と親交を結んだり、提携をもくろむ企業の担当者と話したりするために、特定のクラブやレストランに行く。むろん、セックスはビジネスとは無関係だ」

彼女を見ると、顔が赤らんでいた。

「ありがとう、教えてくれて」

「きみは正直に話すのを求めていると思ったんだ」

「もちろんよ。正直さほど大切なものはないもの」

「それは皮肉かい？　だが、これはきみが求めたことだ」

「もしかしたら、去年のあなたの恋愛について話してくれるかもしれないと思ったの」

「一夜限りの関係は恋愛とは言えない。僕は彼女たちの名前を知らないし、たとえ知っていたとしても、すぐに忘れてしまうだろう」

「それがあなたらしくないところよ」

ディオニュソスは眉をひそめた。「なぜだ？」

彼がいやだったのは、自分がその答えを気にしていることだった。アリアドネにどう思われているかを気にしていた。少年だった頃、彼女が彼の中に何を見ていたのかを。

気にするべきではなかった。なぜなら、ディオニュソスは自分自身を何か新しいもの、強いもの、かつて自分が持っていた感情から切り離されたものにつくり変えていたからだ。生き残るためにはそうせざるをえなかった。父親から受けた虐待を乗り越えるために。アリアドネが置かれたのと同じような状況を乗り越えるために。

「以前のあなたは気にかけていたから。あなたはけっして人を交換可能なもの――使い捨てのように扱ったことはなかった。確かにあなたは無謀だったけれど、それは自分自身に対してであって、他人に対してじゃなかった。そこが、今のあなたが私にとって他人同然である理由なの。あなたが――あなたに何が起こったのか、私は知らない。だから、私たちはお互いを知らない。あなたがみんなから、私たちから離れていったせいで」

彼の血管を熱い怒りが駆け抜けた。「アリアドネ、ウィキペディアの項目をもう一つ紹介しよう。十年前、バルコニーで、未来の義姉の十八歳の誕生日に、僕は彼女を抱きしめてキスをした。彼女は僕をテセウスだと思ってキスを返してきた」

彼女は頬を赤らめた。「私があなたをテセウスだと思っていたことを、あなたは知っていた」

「当時、きみはそう言った。それでも、僕は変わったと言うのか？　もしきみが僕のことを兄の婚約者にキスをするような男だと思っていたのなら、僕のことをよく思うはずがない。そうだろう？」

「あれを過去に封じこめるということで私たちは同意したはずよ。テセウスがあなたを許したことも知っているし、私も許した。でも、あなたは私たちから距離をおいた」

怒りは常にディオニュソスの伴侶であり、いつもなら、それを抑えるのは簡単だった。

しかし、アリアドネはディオニュソスに子供を授けてほしいと頼んだ。同時に、自分の人生を切り開いた彼のやり方をとがめた。特にこたえたのは、友人だと思っていた彼女が、彼の最悪の部分を信じていたとわかったことだった。彼は怒りをあらわにして反論した。

「僕が距離をおいていた？　きみと兄はロンドンの屋敷に身を隠し、外の世界を遮断した。公表された写真はイメージづくりのために注意深く加工されたものばかり。外出するときも常に演技をしていた。よくも僕が変わったなどと非難できるものだ。それこそが兄があまり電話をかけてよこさなくなった理由だと僕は確信している。兄は自分たちのパフォーマンスについて――夫婦の仮面劇について僕に何か言われるのがいやだったのだろう。もちろん、きみも加担していた。僕はきみたちの写真を見るたびに、きみたちが見知らぬ人になった気がした。僕が知る限り最も正直で野性的で率直な少女が、仮面をつけて生きる女性になってしまった。なぜだ？　説明してほしい」

「私たちには守るべきものがあったから。物事を正そうとしていたから」

「父を守るために？」

「違うわ。テセウスを守るためよ。お父さまが彼に一瞬でも失望したら、お父さまはすべてを彼から取り上げていたでしょう。会社が生み出す利益に不満を抱いたら。あるいは、お父さまが築きあげたシステムをテセウスが意図的に壊していると考えたら。綱渡りの連続だった。ディオニュソス、あなたには理解しがたいでしょうが、私と彼には人前では演技をせざるをえない事情があった。でも、それはあなたとはなんの関係もない。実際、私たちはあなたのことなど頭になかった。申し訳ないけれど」

ディオニュソスはその程度で傷つく男ではなかった。「アリアドネ、きみが僕のことなど頭になかったことは充分にわかっている。そのことを気にする必要はない」

彼女の中で怒りの炎が燃えているのが手に取るようにわかった。

いいことだ。彼女は怒るべきだ。そして、僕の言ったことを考えるべきだ。それにしても、兄が違う現実を生きていることは理解できたが……。

おまえも彼らを拒絶した。心の声が指摘した。わかっているはずだ。

もちろん、キスの一件は忘れたと言って、テセウスは許してくれた。しかし、その後、彼らはけっして元の状態には戻れなかった。双子の絆(きずな)は壊れてしまったのだ。強く結ばれていたにもかかわらず。

「もしかしたら、あなたは今の私を知りたくないのかもしれない」アリアドネは言った。「そして、私もあなたのことを知りたくないのかも」

「そのほうがいい。僕たちが協力して子供をつくるのに、お互いを知る必要はないからな。特に、僕が父親だとけっして主張できない場合は」

「ええ、そうね。人工授精には親密な要素など一つもないもの」

「まるで経験者のように言うんだな」

アリアドネは首を左右に振り、窓の外を見た。

そのそっけない反応に、ディオニュソスは驚き、不思議に思った。

とはいえ、アリアドネとテセウスが人工授精を試す理由はない。不妊に悩んでいたのなら別だが。その場合、僕の発言はかなり無神経なものだったに違いない。

だが、と彼は思った。別にかまわない。彼女は今の僕に嫌悪感を抱いているし、すでに僕の無神経さにもうんざりしていただろうから。

「疲れたわ」アリアドネがつぶやいた。「ギリシアに着く前に少し横になりたいわ」

「ああ、それがいい。ゆっくり休んでくれ」

アリアドネが彼を置き去りにして機内の個室に入っていったとき、ディオニュソスは自分が息を止めていたことに気づいた。それは彼女がクラブで倒れたとき以来のことだった。

アリアドネとの関係はけっして一筋縄ではいかないだろう。だが、彼はそうであるかのように振る舞おうと決意していた。

というのも、最も必要とされるときに自らを裏切って仮面を捨てるなら、巧みにつくりあげた仮面がまったく無駄になってしまうからだ。

僕は仮面をかぶり続けなければならない。アリアドネのために。

そして、彼女の願いを聞き入れて子供をつくる。

そのあとは……。

アリアドネと子供の存在を頭から消すつもりだ。

そうしなければならない。

4

ジェット機が降下を始めると、アリアドネは目を覚ました。

疲れが取れず、体が重い。あちこちが痛かった。心も含めて。

彼女はまだ信じられずにいた。ディオニュソスに精子の提供を頼んだことが。彼がそれを承諾したことも。さらに、子供の頃の思い出がつまった島に帰ろうとしていることも信じがたかった。物事が単純だった場所、いさかいや駆け引きとは無縁の場所に。

アリアドネは昨日と同じ服を着ていた。部屋を出てシートに向かいながら、服のしわを伸ばす。

ディオニュソスは先ほどと同じシートに座っていた。姿勢まで彼女が去ったときとまったく同じだ。アリアドネはそんな彼の姿にどこか神秘的な力強さを感じた。そして、それは意図的なものだと彼女は確信した。彼の彼たるゆえんだ。

その真実に気づき、アリアドネは衝撃を受けた。ディオニュソスは自分のイメージをつくりあげてきたのだ。彼はメディアを信じた私に腹を立てているかもしれないが、メディアに彼のイメージを植えつけたのは、彼自身なのだ。ディオニュソスは愚か者ではない。世界的な企業を一から築きあげたのだから。彼の父親の名は、どちらかといえば汚点だ。それでも、彼は自らを億万長者、世界で最も裕福な男の一人と自称し、〈ダイヤモンド・クラブ〉の会員であることを公にしている。

アリアドネも会員だが、彼女は亡き夫の資格を受け継いだにすぎない。

なぜテセウスが自分のイメージをつくりあげ、それに執着するのか、アリアドネはよく知っていた。はたしてそれが必要なのかどうかについては、彼女なりの意見があったが。

夫のトラウマは体に染みついていて、それを隠す仮面は強固な接着剤で固定されていた。アリアドネはそうすることに反対だったが、テセウスに意見する方法を知らなかった。

二人とも、公の場では落ち着いたすてきなパワーカップルだった。二人が笑うのは、プライベートな場だけで、そこでは秘密や物語を分かち合った。

アリアドネは深呼吸をした。「おかげさまで、よく眠れたわ」そう言って元のソファに腰を下ろす。

「それは何よりだ」ディオニュソスはそっけなく応じた。

「なぜかあなたが本心から言っているようには聞こえないわ」

「きみにはしっかりと休んでほしい。特に今の状況を考えるとね」

「今の私はもろいと？」

「きみは〝もろい〟という言葉がとても気に障るようだな。なぜだ？」

彼女を見つめるディオニュソスの目はあまりにも鋭かった。

「あなたは世界で最も裕福な男性の一人よ」アリアドネは彼の挑むような視線になんとか耐えながら答えた。「でも、どんなに裕福でも、人は常に何か満たされないものを抱えているものよ」

「そうなのか？」

「ええ。もろくなる余裕なんて私にはないの。動き続けなければならない。どういうわけか、ディオニュソス、あなたは自分には人を気遣う余裕がないと思っているようね」

彼が眉を上げるのを見て、アリアドネは報われた気がした。

ディオニュソスは本当に驚くべき人物だった。彼とテセウスはそっくりでありながら、そこそこ違いがあることに、アリアドネは驚嘆した。少なくとも彼女にとっては違う。最初は見分けがつかなかったが、ディオニュソスの顎の下には小さな傷があることに気づいた。目の輝きも違う。ディオニュソスはいたずらっぽい。テセウスがいつも見えない重荷を背負っているように見えたのに対し、ディオニュソスはいつも見えない敵と戦っているように見えた。そして今、彼女は気づいた。兄弟がそれぞれ背負っている重荷の違いに。

テセウスが背負おうとしたものに対し、ディオニュソスは戦うことを選んだのだ。

「きみは僕のことをよく知っているようだ」

「かつてはね」

そのあとは沈黙が続いた。

アリアドネは窓の外に目をやり、迫り来る見知った白い砂浜を眺めた。透き通った青い海を。

とたんに胸が高鳴り始めた。十代の頃を最後に、この島に来たことはなかった。

父親は、アリアドネがテセウスと結婚した直後、六度目の離婚をする直前に、島の家を売却した。父親の家が今どこにあるのかわからない。彼はテセウスの葬儀には新しい妻と共に参列した。しかしその後、娘の様子を見に来たことはない。彼女は昔も今も父親を必要としていなかった。

着陸はスムーズだった。そのため、着陸寸前に胸の中に生じた恐怖はこの島での記憶のせいとしか思えなかった。

いい思い出もあった。しかし、その思い出さえ幼い頃の痛みと絡み合っていた。そして今は、この数年間ずっと支えてくれた夫の死と絡み合っていた。

けれど、ディオニュソスは今もまだここにいた。

彼が立ち上がって手を差し伸べた。アリアドネはその手を取った。

ジェット機から降りたとたん、熱風が肌を撫で、ロンドンの湿気の多い大気に慣れたアリアドネの中に何かをよみがえらせた。この一年、イギリスを離れたことはなかった。

〈カトラキス海運〉は世界的企業だが、会議はすべてリモートで行われていた。妊娠の準備をしたり、会社で働いたり、二人にとってとても大切な見せかけの生活を維持するのに腐心したりする中で、アリアドネは自分がますます孤立し、鬱屈していることに、つい先日まで気づかずにいた。

アリアドネは目を閉じ、慣れ親しんだ空気が顔にキスをするのを許した。

ああ、テセウスはもういないけれど、島は旧友のように私を優しく迎えてくれた……。

そして彼女は気づいた。島は思っていたほど空虚でもないし、喪失感も覚えなかったことに。

涙が一筋、頬を伝い落ちた。

「大丈夫か？」

アリアドネは振り返ってディオニュソスを見た。

そのとたん、過去がよみがえった。お気に入りの遊泳場の波打ち際を一緒に走ったときのことが。ディオニュソスは彼女の手をつかみ、ぐいと引き寄せた。彼の引き締まった力強い体の骨格を今もまだしっかりと覚えている。そのときの彼の笑顔も。

こっそり食べた苺のケーキに、極上のシャンパン。

暗いバルコニーで彼に抱きしめられたときの胸のときめき……。

一つ一つの瞬間が宝石のようにきらきら輝き、美しく、そして懐かしい。

「この島に帰ってきてこんな気持ちになるなんて思わなかった。うれしくてたまらない」

また涙が頬を伝った。その涙の筋を、ディオニュソスは頬に手を伸ばして親指で堰き止めた。

彼の手はざらざらしていて、アリアドネはなぜだろうといぶかった。しかし、彼女にできるのはただ彼を見つめ、その黒い瞳をのぞきこむことだけだった。亡き夫と同じ形と色をしているけれど、そこにいるのは紛れもなくディオニュソスだった。彼はかつて、アリアドネにとって呼吸するのと同じくらい自然でなじみ深い存在だった。この島の空気のように。肌に感じる陽光のように。

アリアドネは後ろ髪を引かれる思いでディオニュソスから離れ、彼との接触を断ち切った。

「新しい家はどこ？」

「僕が車を運転して連れていく。ほら、あれだ」

ディオニュソスは半ば岩陰に隠れたガレージを指差した。二人が近づくとドアが開き、大胆で派手な持ち主にふさわしい真っ赤なスポーツカーが見えた。

アリアドネは難癖をつけたかった。その車が少年時代とは様変わりしたディオニュソス――快楽主義に走った彼の象徴のように思えたからだ。けれど、これが……彼なのだ。実際、変わる前の彼も、似た車に乗っていた。

「これはあなたが十七歳のときに乗っていた車によく似ている。あなたは写真を送ってくれた」

ディオニュソスはにやりとした。「似ているどころか、十七歳のときに乗っていた車なんだ。島で使うにはこれ以上の車はないからな」

アリアドネの胸に奇妙な懐かしさがこみ上げた。もっとも、何にも誰にも関心を示さない彼がこの島を購入したこと自体、ノスタルジックなことなのだ。

そのことに思い当たるなり、アリアドネは心をかき乱された。けれど、今は彼にまつわる思いに心を乱されたくなかった。そこで彼女は気を引き締め、車に乗りこんだ。

ディオニュソスの運転する車は、新たにつくられたらしい道路をのぼっていった。彼の新しい家は海辺にはないだろうという彼女の予測どおりに。

とはいえ、その家がどこにあるのか、アリアドネにはわからなかった。道路は曲がりくねっていて、敷地らしきところに入っても、手入れがされている気配はない。まるで島の自然が支配権を取り戻したかのようだった。

やがて木々の間からきらきら光る窓が見えた。その家は岩肌にはめこまれたかのようで、鋭角にカットされた暗い色の自然石でできていた。この島でアリアドネの一家が住んでいたような仰々しい豪邸とはまったく違う。周囲の環境を破壊するのではなく、むしろ補完するように設計されていた。

玄関へと続く石段が見えた。

「見てのとおり、家の一部は岩に食いこんでいる」ディオニュソスは言った。「冷房の効率がとてもいいから、二酸化炭素の排出量の削減にも役立っている」

「ああ……なるほど」

愚かな応答だった。歯切れがいいわけでもなく、気が利いているわけでもない。しかしアリアドネは、彼が気にかけていることを茶化すことはできないと悟った。それが環境問題であれ、ほかのなんであれ。

ある意味、彼女をここに連れてきたことで、ディオニュソスは気遣いを示しているのだと思った。たとえ、彼女の世界からこの辺鄙な島へと連れ出した彼に、腹を立てていたとしても。

問題は、アリアドネは今、自分の人生がどうなっているのか、今後どうなるのか、よくわかっていないことだった。

車から降りてディオニュソスを見つめるなり、アリアドネは悟った。当面は、この男性こそが私の人生なのだと。

彼は私の子の父親になるのだから。

そう思った瞬間、息が止まりかけた。そう、ディオニュソスが私の赤ちゃんの父親になるのだ。そして、その子はテセウスとの間にできた赤ちゃんと遺伝的に区別がつかない。その事実に寄りかかって生きるのは、簡単なことに思えた。

だけど、私は間違っていた。

テセウスはアリアドネの友人だった。彼の子供を産むという考え——二人の子供を産むという考えは、友情の究極のあかしだと感じていた。友情で結ばれた二人の人生を融合させることだと。それは従来のパートナーシップではないが、真実そのものだった。彼の子を身ごもったという喜びの中に、恋愛感情はひとかけらもなかった。

ディオニュソスの横顔を見つめながら、彼の子供が自分の子宮で育っているさまを想像すると、腕に鳥肌が立った。

そして、アリアドネにはもう一つ、忘れがたい記憶があった。まだティーンエイジャーだった頃のことだ。二人は遊泳場の真ん中で波と戯れていた。ふいにディオニュソスの目が陰りを帯び、その視線が彼女の口元に注がれた。その瞬間、彼女はパニックに陥った。

なぜなら、そのときにはもう、アリアドネはテセウスと約束を交わしていたからだ。ディオニュソスに近づけば、すべてが台なしになるとわかっていた。

アリアドネは情熱など求めていなかった。彼女が求めていたのは、互いに相手を気遣い、大切にすることだけだった。彼女が欲しいのは仲間であり、安定だった。恋人ではなく。

父親が何人もの女性を捨てるのをずっと見てきた。口が悪くなったり、退屈したり、年をとりすぎたりすると、すぐに次の女性に乗り換えた。アリアドネには、情熱はあまりにはかなく、あまりに利己的に思えた。そんな情熱に支配されるような人生は送りたくなかった。

アリアドネはテセウスを全身全霊で愛していた。

にもかかわらず、ディオニュソスは彼女が必死に隠そうとしていた本能的なものを呼び覚まし始めた。

そして、バルコニーで彼にキスをされたとき……。

もちろん、彼女はテセウスに打ち明けた。〝てっきりあなただと思ったの〟と。ディオニュソスにも。

けれど、二人が信じてくれたかどうか確信を持てなかった。

アリアドネはその出来事を忘れるために最善を尽くした。それでも……。

あのキスの相手はディオニュソスだった。

〈ダイヤモンド・クラブ〉で彼を見たとき、彼女がさほど衝撃を受けなかったのは、この二週間、ショック状態にあったからだ。

そして、流産し、アリアドネの体は不快感と悲しみに満ちていた。


しかし今、彼女はそうした恐ろしい感情に守られておらず、ディオニュソスの衝撃に、彼にまつわる記憶に、真っ向から対峙しなければならなかった。

とりわけ、彼に会うのが気が進まなくなった本当の理由について。彼の活躍を告げる新聞の見出しに苦悩する本当の理由について。

さらに、対峙するたびに彼に対する正直な気持ちに直面させられるのが、いやでたまらなかった。

突然、ディオニュソスが彼女のほうに顔を向けた。

その瞬間、アリアドネは初めて彼を見たような気がした。陽光は彼の顔の側面を照らし、力強い輪郭を浮かび上がらせている。誇らしげな鼻、官能的な唇、角張った顎。顎に見られるわずかな傷跡は、ディオニュソスの顔の中で唯一テセウスとは異なる身体的特徴だった。

もっとも、アリアドネの目に映る二人の顔は別物だった。実際、二人を見たときの彼女の体はまったたく違う反応を示した。

アリアドネにとって、テセウスは家であり、安らぎであり、愛だった。

一方、ディオニュソスは刺激的で、ウイスキーのストレートショットのようだった。彼女は彼に心地よさを感じたことは一度もなかった。

こんなことを考えるのは好きではなかった。十七歳の頃を思い出させ、二つの真実の間で激しく引き裂かれるからだ。一つは、テセウスを誰よりも愛していたという真実。もう一つは、ディオニュソスとの間に強烈な引力を感じていたという真実。それはテセウスへの愛情とはまったく異なるものだった。

けれど、アリアドネは十五歳のときに誓った。テセウスの秘密を守り、彼と結婚する、と。

彼女はそのことをはっきりと覚えていた。夜遅くまで海岸にいて、二人は砂浜に並んで座っていた。

アリアドネは心の隅で、テセウスが彼女への思いを告げるのではないかと期待していた。しかし、すすり泣きながらの彼の告白は驚くべきものだった。結局は彼を抱きしめるしかなかった。

テセウスは涙声で告げた。最近この島にやってきた人の息子と恋に落ち、もはや自分がゲイであることを否定できなくなった、と。父の望むような男にはけっしてなれないと。

〝父に本当に殺されるんじゃないかと怖くてたまらないんだ〟

〝そんなこと、ありえない。私が守ってあげる〟

〝本当に？　きみは世界でいちばん大切な友だちだ。愛している。もし僕と結婚してくれるなら、そして子供をつくれるなら、父の期待に応えることができる。父にはもちろん、誰にも知られてはいけない〟

アリアドネは同意した。まだ若かったし、テセウスを愛していたから。

しかし、それはつらく、やりきれない約束だった。

結婚する頃には、アリアドネはそれがけっしてロマンティックなものではないと知っていた。結婚――それは、うぶな十代の少女の夢と希望だったのに、彼女はそれを諦め、彼との結婚を受け入れた。テセウスが愛と情熱に満ちた人生を諦め、自分に期待される道を歩もうと決めたのと同じく。

そして、アリアドネは彼と結婚した。テセウスを支え、守り、いずれ彼の子供を産んで幸せな家庭を築くために。

アリアドネは今もそれを続けることに誇りを感じていたものの、ディオニュソスに対する気持ちが以前とは違うことは否定できなかった。

まったく違う。

ディオニュソスは、彼女が意図的に断ち切った思いを、少なくとも断ち切ろうとしていた思いを、呼び覚ましたのだ。

アリアドネは、教会と結婚する修道女と同じだった。貞節を守って献身の人生を送るという点で。

もちろん、ディオニュソスが知る由もない。今はまだ。

彼が真相を知るときは、アリアドネが使命を果たせなかったときだ。

テセウスの遺産はすべて彼女の手中にある。けっしてくじけたりしない。さもなければ、彼と結婚したことに、この数年の努力に、なんの意味もなくなってしまう。

夫が亡くなり、子供も失った今、もし会社の経営権まで奪われたら……。

遊泳場でディオニュソスから離れた瞬間から始めたことが、すべて水泡に帰する。彼女がしてきたことのすべてが無駄になるのだ。

それだけは絶対に避けたかった。

「入ってくれ」ディオニュソスはそう言って階段をのぼるよう促した。

彼女はそのいっときの猶予に感謝した。物思いを遮断してくれたことに。それはあまりにもつらすぎて、息をするのもやっとだった。

アリアドネは周囲の静けさと美しさに集中した。途中、岩から湧き水が滴り落ち、清らかな流れとなって家のまわりを巡っていた。軒先には苔が生えている。窓の一つにはアマガエルがへばりついていた。

「美しい」彼女は言った。「私たちの遊泳場を思い出させる」

二人はその遊泳場でよく泳いだが、テセウスはそこを好まなかった。アリアドネとディオニュソスはテセウスより冒険好きで、より自立していた。

ディオニュソスは自立しすぎていたが。

そのため、兄弟はあまり突っこんだ話をすることはなく、そのことに彼女は不満を覚えていた。テセウスが自分の秘密をディオニュソスに打ち明けていなかったと知って、なおさら。

テセウスが弟に打ち明けなかった理由はいくらでも考えられる。最も大きな理由は、のちにテセウスがゲイであることを父親が知ったとき、テセウスばかりか、ディオニュソスにも危害が及ぶ可能性があったからだ。兄の秘密を知っていながら父親に教えなかった罪で。

ディオニュソスは暗証番号を入力し、ドアを開けた。内部は多くの点で外とほとんど同じだった。植物と石があり、入口には小さな川が流れていた。

「どうしてこんなふうにしたの？」

「もともとこんな感じだったから」ディオニュソスは答えた。「水の流れを乱したくなかったんだ」

ここは彼の聖域だった。なぜここに人を呼ばないのか、なぜここでパーティを開かないのか、アリアドネは突然、その理由を悟った。この場所以外でのディオニュソスの生活は騒々しい。ここは彼にとって、もう一つの世界、安らぐための空間なのだ。

「本当にきれい」

「ありがとう」

「きみの医療記録はすべて主治医に送った。彼女はもうすぐ来るだろう」

「よかった」アリアドネはつぶやいた。

「もし、まだ準備ができていないようなら――」

「いえ、大丈夫。急がなければならない理由もあるし」

「確かに」

それでも、彼女はなぜか、ディオニュソスの子を妊娠するということが特別な意味を持っている気がして、落ち着かなかった。さらに、彼の子をテセウスの子だと偽るのは気が進まないかもしれないという不快な考えも浮かんだ。ディオニュソスの言うとおり、私はその子になんて言えばいいのだろう？

そうした思いをアリアドネはいったん脇に置いた。

美しいダイニングエリアに入ると、天井は全面ガラス張りで、その下に天然木のテーブルが置かれている。窓から陽光が差しこんでいたが、ほとんどは葉に遮られていた。

そして、大皿に盛られたフルーツが彼らを待っていた。

「さあ、座って」ディオニュソスが促した。「何か食べてくれ。主治医が到着したら、知らせるよ」

「コーヒーをいただける？」

彼女はずっとカフェインを摂取していなかったが、今はもう制限する必要はない。

「もちろん」

ディオニュソスがそう言って姿を消すと、アリアドネは胸に奇妙な痛みを覚えた。

しばらくして、彼が濃いエスプレッソのマグカップを手に戻ってきた。アリアドネは彼を見上げ、視線を合わせた。マグカップを受け取る際は、彼の指に触れないよう注意して。

「滞在先ではこうやってよく女性にコーヒーをいれるの？」

「いや。女性は僕のところに朝までいないから。最後に誰かのためにコーヒーをいれたのはいつだったか、思い出せない。そもそも自分のためにいれることさえない。むろん、いれ方は知っている。僕はでくのぼうではない」

アリアドネはコーヒーをじっと見つめた。彼のちょっとした親切を。彼女はコーヒーやお茶をいれてもらうことに慣れていた。テセウスと結婚したアリアドネはとてつもなく裕福だった。結婚前も家は裕福だったが、親に無視されていたので、代価と引き替えに自分の世話を焼いてくれる人と、無償で世話を焼いてくれる人を、はっきりと区別していた。そして、後者に出会ったことはほとんどなかった。そのせいか、コーヒーを一口飲んだとき、奇妙な感情に襲われた。

どう応じようかと考えている間にディオニュソスは姿を消してしまい、アリアドネはしばらくの間、トロピカルフルーツを食べ、コーヒーを味わっていた。心の中は空っぽだった。この三週間で経験したことを言葉で表現する術(すべ)がなかったからだ。

何もかも悲劇だった。

けれど、アリアドネは打ちひしがれてはいなかった。懐かしい島に戻り、ディオニュソスと一緒にいることに救われていた。彼が、アリアドネには理解できない何かを象徴しているように感じられたからだ。

一時間後に医師が到着するまで、アリアドネはそうして座っていた。

ディオニュソスは彼女と医師を二階の寝室に案内した。そこは豪華で快適な部屋だった。しかし、どんなに豪華であっても、診察やそれにまつわる会話が楽になることはなかった。

「あなたは身体的にはなんの問題もありません」女医は言った。「ただ、出血しやすい体質のようですから、分娩のときには注意が必要です。もっとも、流産に関しては、おそらく赤ちゃんの発育に何か問題があったのでしょう。よくあることです」

「はい、わかっています」アリアドネはうなずいたものの、内心では、人生の不安定さを、もしくはそれ以上の何かを感じていた。短剣が魂にまっすぐ突き刺さったかのように。

アリアドネは、女医のように簡単には割りきれなかった。彼女は医師ではなく、切実に望んでいた未来を失った女だったから。

再挑戦は可能だし、アリアドネはそうするだろう。しかし、この瞬間の刺すような痛み――喪失感が消えることはなかった。

女医が言葉を継いだ。「少なくとも生理の一周期は待たなくてはなりません。そのあと、私は人工授精のためにまた来ます。彼からおおよその事情は聞きました」

アリアドネは目をしばたたいた。「実は……彼は知らないんです。流れた子が人工授精で授かったことを」

女医はアリアドネをじっと見た。「私はあなたの秘密を守ることに全力を尽くします」

「ありがとう。これからも頼りにしています」

「わかりました。お任せください」

「とても重要なんです」女医に裁かれているように感じ、アリアドネは弁解がましく言った。もっとも彼女の中にある後ろめたさがそのように感じさせるのかもしれない。

今回の決断が利己的にすぎるのではないかと案じているのは、アリアドネ本人だった。でも、と彼女は思った。私はみんなを守らなければならない。従業員の生活を、亡き夫の名誉を。

「それで……四週間も待たないといけないの？」

「緊急性があることは理解していますが、医師の立場からすると、通常の日数を空けたほうがよろしいかと」

アリアドネはもちろん、助言された時期よりも早く妊娠できることは知っていた。しかし、医学的知見に反することを行うよう医師に無理強いしたくはなかった。もし、どうしてももっと早く妊娠したいのであれば、自然妊娠をするしかない。

一瞬、そのことが脳裏をよぎった。ディオニュソスの顔と共に。

それは無理。できない。

ディオニュソスが真実を知るのに、兄と結婚して八年になる義理の姉が今もバージンだと知ることほど手っ取り早い方法はないだろう。

妊娠したあとでさえ。

もちろん、バージンであることを示す証拠はとっくに失われていることは間違いない。それでも、ベッドを共にすれば明らかになる。私は男性に触れる方法について実践的な知識は何も持っていないのだから。

ただ一度、パフォーマンスとして男性とキスをしたことがあるにすぎない。テセウスとは頻繁にキスをしていたが、情熱的なキスは結婚式の日のキスだけだった。

それ以降は、愛情深いカップルに見せかけるための気軽なキスばかり。それでも、いつもアリアドネを温かい気持ちにさせてくれた。ある意味、幸せだった。燃え上がらせるキスではないが、確かにつながりを感じさせた。

「ええ、わかっています。できるだけ安全に事を運びたい。二度とあんな思いはしたくないから」

「大変だったでしょう」女医は同情のにじむ声で言った。「あなたが経験したことすべてについて、心から気の毒に思います」

女医はアリアドネの手に自分の手を重ねた。その瞬間、彼女は衝動的に手を引っこめたくなった。女医の気遣い、柔らかさに危険なものを感じたのだ。なぜなら、それに甘えてしまいそうな自分に気づいたからだ。アリアドネにはそんな余裕はなかった。

ほどなく女医が去ると、アリアドネはクローゼットを開けた。そこには驚くべき数の服がつるされていた。明るい色調のふんわりとしたリネンの服は、どれも島で過ごすのにふさわしく見えた。

今後四週間は人工授精を試みることができないのなら、この島にいる意味はあるかしら？　アリアドネは自問した。

とはいえ、ノートパソコンがあり、このところすべての会議はリモートでこなしていたから、仕事に関してはこの島に滞在していても、なんの支障もなかった。しかも、アリアドネには自分だけの時間を持つ必要があった。悲しみに向き合うための時間を。

二度目の人工授精の準備期間中、体に過度なストレスを与えるわけにはいかない。

当然のことながら、ディオニュソスがここにとどまる理由はない。

アリアドネは、ゆったりとしていて脚がきれいに見える紺のリネンのジャンプスーツを着ながら、これからディオニュソスに話すことを頭の中でまとめた。それから下の階に行き、彼がいることを期待してダイニングルームに入ったが、姿はなかった。

家の奥へと歩いていくと、闇に通じているような低いドアに突き当たった。息を切らしながらごつごつした廊下を進むうちに、アリアドネはそこが洞窟であることに気づいた。そして、行く手に光を見た。

彼女は光が差しこむ巨大な部屋に入った。壁は白い石灰岩で、ところどころピンクの塩の層があり、大きなランプが放つ薔薇色の光に照らされている。

けれど、何よりも衝撃を受けたのは、部屋の真ん中に座っているディオニュソスだった。白いリネンのズボンをはいただけで、上半身はむき出しだった。

「ここは？」アリアドネは尋ねた。

「子供の頃に見つけたんだ。僕は常々、自然の洞窟を囲むようにして家を建てたいと思っていたんだ。ここには強いエネルギーがあるように感じていた。少なくとも、そう信じることができた。子供の頃、父から受けた傷を癒やしたいとき、この洞窟によく来た。心に受けた傷であれ、肉体的なものであれ」

「そうだったの」アリアドネは神妙な面持ちでうなずいた。この空間には、なんとも言えない、霊的な雰囲気さえ漂っている。このことを彼と結びつけてどう解釈したらいいかわからなかった。

彼女の困惑を察したのか、ディオニュソスが言った。「僕はここが好きなんだ。実際に霊験あらたかかどうかは別として。言わば大聖堂だ」

確かに、ここは石造りの大聖堂を思わせるところがあった。

「なるほど。わかる気がするわ」

「それで、医師の見立ては？」

「実際の処置は、次の生理が終わるまで待ったほうがいいそうよ。それで、あなたに伝えたかったの、あなたがずっとここにとどまる必要はないことを」

二人の視線が絡み合い、アリアドネはその場に釘づけにされた。

「すまない、アリアドネ。きみは僕とずっと一緒に過ごさなければならないんじゃないかと、心配しているんだね？」

5

このところ、アリアドネは静かに過ごしていたが、徐々に力が戻ってきているように感じた。妊娠および流産の症状が少しずつ消えつつあった。まだなんとも言えない重苦しさを引きずってはいたが、ともかくにも目的意識を感じていた。

アリアドネは、〈カトラキス海運〉でのジェームズの働きに感謝していた。けれど、流産のことを彼に電話で伝えるのはつらかった。

〝本当にごめんなさい〟

〝謝る必要なんかないよ、アリアドネ〟

〝でも、赤ちゃんはとても大切だったから〟

けっして会社のためだけではない。テセウスの一部だったから。

〝もちろん、そうだろう。だが、きみも大切だ〟

〝私は再挑戦するつもりだけれど、あなたのほうはそうはいかないでしょう〟

〝だが、僕はまだ関与し続けたいんだ。頼む〟

〝ええ、そうね。あなたがそう言うなら〟

ジェームズはアリアドネの親友だった。彼との出会いによってテセウスのすべてが変わったのだから、好きになれないわけがない。ジェームズは、生涯孤独だったテセウスに、本当の意味での命を吹き込んでくれたのだ。

それが彼女の唯一の慰めだった。テセウスは恋をしているさなかで死んだ。彼はジェームズを愛していた。死ぬ前の彼には恋の喜びがあり、希望があったのだ。

彼らは共に人生を歩んでいくはずだった。計画も立てていたのに……。

アリアドネはテセウスの遺灰に思いを馳(は)せた。まだ埋葬されておらず、テセウスとジェームズが暮らすはずだった家に保管されている。なぜなら、二人の安息の地を今選ぶのは間違っていると感じたからだ。ジェームズの名前を出せない今は。

墓碑に嘘(うそ)は刻めない。

ジェームズとテセウスは、ジェームズが〈カトラキス海運〉の最高財務責任者(CFO)に就任したときに出会い、すぐに恋に落ちた。

アリアドネがその恋の後押しをすると、テセウスは大いに喜んだ。あんなに幸せそうな彼の顔を見たのは初めてだった。

テセウスがジェームズとつき合い始めたのは三年前だった。テセウスはアリアドネに、自分の性的指向を死ぬまで秘密にしておくことはできないと言った。

〝同性愛者の偽装結婚(ラベンダー・マリッジ)なんて一昔前の話だ、アリ〟

〝私たちだってそうよ、テセウス〟

〝だが、もし子供ができて、相続が決まって、離婚したら? 僕はジェームズと結婚して、きみは好きな人と結婚できる〟

それこそが計画だった。そして、子供をつくろうと動きだしたとき、その計画にはジェームズが彼らの子供の共同親権を持つことも含まれていた。だからこそ、ジェームズも喪失感に襲われていたのだ。

すべてが失われたわけではない。アリアドネは希望を捨てたくなかった。ディオニュソスが協力してくれれば、この状況を打開し、子供を持てるはずだから。そして、彼女はそうするだろう。

ふいにアリアドネは屋外に出たいという衝動に駆られた。ずっと室内で自分を甘やかして過ごし、部屋に隣接したパティオに出るくらいだった。岩壁に囲まれた洞窟で、あちこちに蔓(つる)が伸びていた。

そこには小さなテーブルと椅子があり、座ると、静寂に包まれた。けれどアリアドネは落ち着かなかった。なぜなら、かつてこの島では自由を満喫していたからだ。当時の彼女はまさしく希望と喜びに満ちた子供だった。

その後、アリアドネは人生にある種の喜びを見いだしてきたが、この島で感じたほどの幸福感に浸ることはなかった。ディオニュソスと遊びまわった夏がいちばん幸せだった。なのに、ディオニュソスを手放してしまったのだ。

湧き起こった罪悪感をアリアドネは押し殺した。ディオニュソスは私になんの告白もしなかった。あくまで二人は友人だった。キスをしたあとも。

〝弟は僕が持っているものを欲しがるんだ……〟

ディオニュソスにキスをされたことを打ち明けたとき、テセウスは怒りもあらわにそう言った。

けれど、アリアドネはテセウスの言葉に疑念を抱いた。ディオニュソスはテセウスに嫉妬するようなそぶりを見せたことはなかったからだ。彼女の知らないところで嫉妬していたのかもしれないが、結局のところ、ディオニュソスは弟だった。跡継ぎではない彼は自力で生きていかなければならなかった。そのことが兄弟間にわだかまりを生んだのかもしれない。彼女が思っていた以上に。

ディオニュソスは兄との間にあった溝を今でも軽く考えている。そして、兄弟間のわだかまりを、私を挑発する小道具として振りかざしている。もしテセウスとの溝が彼にとって重要な問題であったなら、そんなことをしなかったに違いない。

アリアドネは彼の友人だった。二人の間に恋愛感情に根差す緊張が走ったこともあった。しかし、もしディオニュソスが彼女に好意を抱いていたとしても、それを口にすることはなかった。ほのめかすことはあったかもしれないが。

アリアドネはクローゼットを物色し、水着を見つけた。鮮やかなオレンジ色で、三角形のカップの縁にはフリルがついている。ボトムはかなり小さめで、ヒップをかろうじて覆っていた。鏡に映る自分の姿を見ると、我ながら驚くほどすてきに見える。しかし、過度にセクシーな格好は好きではなかった。なぜなら、そうした格好は、男性の注目を集めたいという恥ずべき欲求を暗示しているからだ。そして、自分の体をそのように使うことに抵抗感があった。もちろん、すてきに見えるのは好ましいけれど。そうでない女性がいるだろうか?

アリアドネは極力、上品に見えるように努めた。だが、そんな努力は必要なかった。この島にいるのは彼女ただ一人だからだ。まあ、たいていは……。

そのとき突然、脚の付け根に奇妙な感覚が走った。本当は一人ではなかった。アリアドネは歯を食いしばって息を吸いこみ、白いドレスをつかんでビキニの上から身につけた。それは彼女の肌の色によく合い、緑色の目をいっそう鮮やかに見せた。

外は蒸し暑かったが、アリアドネは若返った気がした。まるで自分がここに属している森の精霊になった気分だった。

どこに続いているのかわからない小道を歩き始めると、アリアドネは肩の荷が少し軽くなるのを感じた。自分が誰なのか、自分の身に何が起こったのか、すべて忘れて、痛みが消えていく。そして、木々や花を眺めているうちに、アリアドネは思い出した。

ここでは何もかもが美しかった。のどかなわけではない。もっと感動的で、もっと切実で、もっと強烈だった。彼らは人生の難しさを知っていた。そして、この場所があることのすばらしさ、友人がいることのすばらしさも。

アリアドネは泣きたくなった。

うなじに汗をかくまで歩き続け、暑さから解放されたいと思い始めたとき、水の流れる音が聞こえた。

滝だ。すぐにわかった。久しぶりに来たにもかかわらず、見慣れたあの場所にたどり着いたことに、アリアドネは感激した。

しばらく立ち止まり、自分がどこにいるか確認しようと試みる。滝は前方のどこかにあるはずだ。つまり、両親の家は背後に、ディオニュソスが家を建てた場所の向こうにあったことになる。

そうした位置関係から、アリアドネは海辺がどの方向にあるか理解した。

アリアドネは興奮した。背筋がぞくぞくするのを意識しながら、探索を再開した。

岩だらけの道を軽快に進み、滝に差しかかると、何も考えずにドレスを脱ぎ捨て、青く澄んだ滝壺に飛びこんだ。

水は冷たい。完璧だ。

ここは二人の場所だった。二人の青い珊瑚礁(さんごしょう)。彼女とディオニュソスが、大人たちから逃れるために訪れる場所だった。夢や希望を語り合った。ディオニュソスの父親がいかに怪物で、アリアドネの父親がいかに野放図の愚か者か。

車の話もした。それは彼女をほほ笑ませた。

ディオニュソスは車を手放さなかった。そして島を買った。

そう、彼は並外れて感傷的な人なのだ。そうでないふうを装い、誰にも、何にも、自分にとって大した意味はないとうそぶいているにもかかわらず。

彼の人生には誰がいたのだろう?

彼とテセウスは互いに距離をおいていた。テセウスがあのキスに対する怒りを抱き続けていたとは思っていなかったけれど、もしかしたら私は間違っていたのかもしれない。

少なくとも、テセウスは弟に近づきすぎないよう注意していた。私たちの結婚が見かけどおりではないことに、ディオニュソスが気づくのを恐れていたのだ。

だけど、その話題に関してテセウスに口を開かせるのはとても難しかった。

アリアドネは水中に身を沈め、取り留めもない考えを打ち払った。今この瞬間に集中するために。水の冷たさに、滝の音に。

ところが、彼女が水面に体を浮かせたとき、背後で水しぶきが上がった。振り向くと、ディオニュソスが水面から顔を出したところだった。

「どうして私がここにいるってわかったの？」

彼はにやりとした。「ここはきみのお気に入りの場所だ」

アリアドネの胸が高鳴った。「ええ、この島でいちばん好きな場所なの」

「ここには手つかずの自然があるからな」ディオニュソスがうなずく。

「父が快適な家からほとんど出なかったのは幸いだったわ。もしこの場所を知っていたら、収益が見込めると気づいて、開発していたに違いないもの」

「ああ、確かに」

「ようやく外に出たい気分になって、ふらふら歩いていたら、自然とここにたどり着いたの」

「よかった」彼は短く応じた。

陽光が水面に反射し、ディオニュソスの顔を照らした。屈託のない少年のように見える。それがアリアドネの幻想をふくらませた。

「あなたの仕事について教えて。なぜ宅配の仕事を始めようと思ったの？」

「おもしろいと思ったからだ。海運業にも似ているし。もちろん、スケールはもっと小さく、もっと個人的だが。しかしその結果、人々がどんなサービスを望んでいるか、知ることができた」

「完全に遠ざかっていたのに、お父さまと張り合いたかったの？」

「そうでなければ、僕ではない」

「確かに」アリアドネは同意した。

「父はテセウスにとても厳しく、完璧を求めた。僕に対しては、そんなことはなかった。だが、僕があえて逆らったら、攻撃の矛先が僕に向く可能性はあった。そして、僕が父の気をそらしていれば、テセウスは放っておかれたはずだ」

「かわいそうなテセウス」アリアドネはかすれた声でつぶやいた。「彼はいつもつらそうだった」

「ああ」ディオニュソスは荒々しい声で言った。

アリアドネはディオニュソスに近づいた。すると、彼が離れていったので、自分が何か見逃した気がしてならなかった。まるで……何か悪いことをしたような。けれど、あえて彼に尋ねはしなかった。いい気分に浸っていたかったからだ。岩をひっくり返したり、骸骨を掘り起こしたりしたくはなかった。二人きりで過ごした時間を除けば、二人の子供時代はけっして幸せとは言えなかった。

「あなたはここには妖精が住んでいると言っていた。水が魔法にかかっているって。覚えてる？」

「僕がそんなこと言ったのか？」

「ええ」アリアドネは彼をじっと見た。「あなたが忘れたなんて信じられない。あなたほどの記憶力の持ち主が」

「いや、僕だって忘れることはある」

「いいえ、ありえない」アリアドネは反論した。

「わかった、物語をでっちあげたことは認める。ただ、言い訳をさせてもらうなら、その話の一部は島の伝説で、シェフから聞いたんだ。この島には魔法がかけられている、だから緑が豊かなんだ、と。この島は、ほかのどことも違う」

「そうね。アメリカにいたときは、こんなに幸せな気分になったことはなかった。ニューヨークでは、どの通りにも無数の人がいたのに、孤独感に襲われたものよ。逆に、ここでは一人で過ごすことが多かったのに、孤独だと感じたことはなかった」

「きみはここが好きなんだ。僕もこの島とつながっていると感じる――いつも」

「ここ以外の場所では、あなたはどんな感じだったの？」

「テセウスから聞いていたんだろう？」

「彼は自身のことは話してくれたけれど、私が知りたいのは、あなたがどんな感じだったかよ」

「父はときに厳しく、残酷だった。僕たちを罰するために、達成不能とわかっている課題を押しつけて、倒錯した喜びを感じていた。父は、人生とはそういうものだと言っていた。そして僕たちは、常に罰が待っているとわかっていても、努力しなければならなかった」

「お父さまはどんな罰を？」

「僕を孤立させるのが特に好きだった」ディオニュソスの表情はうつろだった。「父は僕を殴ったが、あるときを境に僕は殴り返すようになった。やがて父は僕に対しては、殴るよりも兄を脅すことのほうがより有効だと気づいた。実際、兄が罰せられるのを見るのは耐えがたかった。それ以降、僕に暴力を振るうことはなかった。その代わり、父は僕たち兄弟を引き離そうと企(たくら)んだ。僕たちを孤立させるために。父が兄に僕のことをどう言ったかは知らないが」

「ある夜、お父さまはテセウスに、あなたはいなくなったと言ったそうよ。外で遊びたくてたまらなかったんだろうと」

彼の顔が険しくなった。「なんだって？」

「テセウスからそう聞いたの。彼は……そのことに腹を立てていた。あなたが出ていって、お父さまがいっそう自分につらくあたるようになったと感じていたみたい」

「あのろくでなしめ。自分の楽しみのために出ていったなんて、とんでもない。あのとき、僕はずっと屋根裏部屋に閉じこめられていたんだ」

「ああ、ディオニュソス……」

「やめてくれ」彼は言った。「兄が僕のことを悪く思うのも無理はない」

「そんなことはないわ。複雑な感情を抱いていたのは確かだけれど、テセウスは間違いなくあなたを愛していた」

アリアドネは彼に近づいた。しかし、すぐさま悔やんだ。というのも、ディオニュソスが暗い目で彼女を見つめていたからだ。

「僕たちが二人きりだったときのことを、覚えているか？」

彼が言っているのが、さっきの会話の最初の数分間のことなのか、それとも滝壺で彼の腕に抱かれたときのことなのか、彼女にはわからなかった。

ディオニュソスがこちらに向かって泳いできたとき、先ほどなぜ彼が離れていったのか、アリアドネはようやく気づいた。二人の間に何か強力なものが脈打っていたからだ。歓迎すべからざるものが。

しかし、彼女はその場を動かなかった。陶然となってその場にとどまっていた。

「僕たちはここで僕たち自身を見つけるんだ」

「ディオニュソス……」

彼は手を伸ばし、彼女の顔に触れ、唇に親指を押し当てた。「アリアドネ、もしここに魔法がかけられているとしたら、それは常にきみのせいだ。きみがいてこその魔法なんだ」

この瞬間、すべてが静止した。

彼と彼女だけ。そして、沈黙。

「そう思っていたのは僕だけではない」

ディオニュソスは荒々しい声で言い、突然アリアドネから離れた。

なぜ彼が二人の距離を縮めようとしないのか、アリアドネは知っていた。そのことに感謝するべきだった。しかし、彼女は怒りに近いものが胸にこみ上げるのを感じた。

テセウスはもうここにはいないが、アリアドネはまだ彼に縛られていた。彼の遺産に、二人で築きあげたものに。今それを失うわけにはいかない――ディオニュソスのせいで。

アリアドネは岸に向かって泳ぎ、水から上がって服の山へと歩いた。

彼女は自分を見失っていた。時間をさかのぼりすぎたのだ。現実に返って、大事なことを思い出さなければならなかった。テセウスの遺産を。

部屋に戻ったとき、アリアドネは寒さに震えていたが、胸の中では、ディオニュソスが彼女から離れたときに感じた怒りがくすぶり続けていた。

6

ディオニュソスには、義理の姉とこんなに長く一緒にいるつもりはなかった。しかし、決心した以上、軌道修正をする気はなかった。

アリアドネとこの島に来てから三週間が過ぎ、人工授精が可能な週が近づいていた。

今、彼は一人で部屋の中に立ち、皮肉めいた笑い声をあげた。

妊娠――医療器具を使って。

ディオニュソスは神を信じたくなった。というのも、宇宙を支配する誰かが、かなりの意図を持っているように感じたからだ。

こうして自分と彼女の子供をつくり、その子を兄の子供だと偽る……。

テセウスはあの世から僕を操っているのではないかと思わずにはいられなかった。

兄は中途半端なことをする男ではなかった。その点で、双子の兄弟は似ていた。アリアドネを大切にすると決意していたことも。

アリアドネとテセウスが世間に見せていた、きらびやかで洗練された関係は、彼にとっては謎めいていたが、実のところ、彼女はテセウスに大切にされているように見えた。

ディオニュソスにわかっていることの一つは、テセウスがアリアドネを大切にしたように、自分も彼女を大切にするということだった。

とはいえ、アリアドネのそばにいることは、それ自体が一種の挑戦にほかならなかった。

ディオニュソスは、アリアドネの世話が充分にできるよう、家政婦を何人か連れてきた。食事や衣類、寝具など、彼女が必要とするものはすべて過不足なく提供されるように。

彼自身は、ほとんどの時間をオフィスでの仕事に費やした。仕事が終わると、屋外で激しい運動に興じた。ロッククライミングをしたり、海で泳いだり、すべては自分の体を徹底的に疲れさせるためだった。

家の中の洞窟にいると安らぎを感じるとアリアドネに言ったのは嘘ではなかった。

この場所には、ここの自然には何かがある。あるいは、もしかしたらもっと単純なことだったのかもしれない。

この島で夏を過ごしたときほど幸せなときはなかった。僕たちが自由だったのは、この島にいるときに限られていた。だから、兄はつらかったのだろうか？　兄にとっては、普通の子供と同じように過ごすことで、父親の絶え間ない鉄拳に怯える日々の惨めさが思い起こされ、かえってつらかったのかもしれない。夏休みが終わって家に帰れば、残酷な父親が待っているのだから。

一方、ディオニュソスはこの島の豊かな自然の中で、岩や木々や水と共に過ごす時間を満喫した。しかし、その豊かな時間の一部はアリアドネがいたからだと認めざるをえなかった。それぞれの思い出は彼女抜きには語れなかったからだ。

そして今、アリアドネは再びここにいる。

その事実がディオニュソスにもたらした緊張は予想外のものだった。なぜなら、アリアドネの誕生日パーティの夜に、彼女に対する望ましくない感情はすべて捨て去ったと確信していたからだ。

その後、彼は自分を完全に立て直した。

なのに、思いがけず訪れた彼女との長期間にわたる接触は……。

今日もいつものように、ディオニュソスはアリアドネを放っておき、彼女の世話はスタッフに任せていた。しかし今朝、目を覚ますと同時に、今日が彼女の誕生日であることに気づいた。

アリアドネは二重の喪失感の中で、誕生日を迎えたのだ。

胸の内にどんなに葛藤を抱えていても、僕はなんらかの形で彼女を祝福しなければならない、とディオニュソスは思った。結局のところ、一時期とはいえ、僕は彼女の二人の友人のうちの一人なのだから。

もちろん、もう一人は兄だった。

ディオニュソスが自分以上に大切に思っていた人は、世界に二人しかいなかった。その二人の絆は彼にはよく理解できず、いつも疎外されているように感じていた。彼はその二人の関係に割って入り、もっと近づきたいと思っていたが、どうすればいいのかわからずにいた。

何かを壊すことなく、二人と親しくできる方法を知らなかったのだ。

そして今、テセウスはここにいなかった。

しかし、アリアドネはいた。

ディオニュソスはキッチンで彼女の大好きなケーキをつくることにした。彼は十代の頃をよく覚えていた。とりわけ、アリアドネの十八歳の誕生日のことは。

その日、ディオニュソスはケーキをつくった。彼女に贈るために。

だが、兄から〝僕たちは婚約した〟と聞かされ、そのケーキをごみ箱に捨てた。アリアドネはそのことを知らなかった。

その夜、ディオニュソスは彼女にキスをし、兄に殴られた。アリアドネはショックを受けたように見えた。

今、再びケーキをつくる傍ら、ディオニュソスはスタッフに豪華な料理をつくらせた。好きなパスタやサラダ、焼きたてのパンも。

ほどなく鮮やかなピンクのシルクに包まれたアリアドネが下りてきたとき、テセウスはあの日と同じようにケーキをつくり、忘れ去られた時間を再現しようとした自分の正気を疑った。

彼女は一週間前よりだいぶ元気そうだった。不安が和らぎ、強くなったようだ。

「まあ！」アリアドネは驚きの声をあげた。「あなたがここにいるなんて思わなかった」

「今日はきみの誕生日だからね」

アリアドネは目を輝かせた。「覚えていてくれたのね」

忘れるはずがない。彼女の誕生日はディオニュソスの心にしっかりと刻まれていた。なにしろ、自分の心をさらけ出した彼女の十八歳の誕生日での出来事は何度も脳裏によみがえり、彼を悩ませていたのだから。

あの日以来、ディオニュソスは変わった。もしかしたら、頭が変になっていたのかもしれない。がむしゃらに富を追い求め、快楽にふけるうちに、自分の一部を失ってしまったのだ。

ただし……。

父親のようには絶対になりたくなかった。

兄は確かに立派な人生を歩んだが、兄らしい人生ではなかった。成功を収めるためには、多少の狂気が必要だったのかもしれない。

そして、僕にとっての狂気が、この島でアリアドネと一緒に過ごし、彼女の誕生日を祝うことを意味するのであれば、それに従うまでだ。

「ああ」彼は一語で応じた。

「そして、あなたは……私の誕生日に夕食を共にすることにしたのね」

「島にいたときは欠かしたことがなかった」

「そうね。みんな、ここにいたから」

「今みたいに」

ディオニュソスは手を差し伸べた。アリアドネがその手を握り、肌が触れ合った瞬間、彼は手を差し伸べたのは間違いだったかもしれないと悔やんだ。

なぜなら、彼女に触れたとたん、その昔、二人で海にいたときの記憶が鮮明によみがえったからだ。

二人はもう少しで……。

彼女は気づかなかったかもしれない。しかし、ディオニュソスは確かにそう感じていた。

水中で目が合った瞬間、彼女はキスのことなど考えていなかったのかもしれない。二人の唇が触れ合ったらどんな感じだろうなどと。

まして、もし二人が分別を失い、暖かな日差しのもとで互いを貪り合ったらどんな感じだろうかなどと、考えたことはなかったかもしれない。

しかし、彼は確かにそんなふうに考えを巡らせていた。

当時、ディオニュソスは女性経験がなかった——

彼女のせいで。セックスを経験するチャンスはたくさんあったが、アリアドネ以外の女性を欲しいとは思わなかった。

テセウスが彼女との婚約を発表したあと、そして例のキスのあと、ディオニュソスは自分の愚かさに初めて気づいた。アリアドネは僕を望んではいなかったのだと。

もし彼女があの水の中で僕のキスに応じたとしたら、それは僕と兄の見分けがつかなかったからだ。彼女が求めていたのはテセウスだったのだ。

ティーンエイジャーの彼にはそれがわからず、アリアドネのちょっとしたしぐさや視線を好意の表れだと勘違いしてしまったのだ。実際は、彼がたまたまテセウスに似ているために、彼女が混乱して結果的に思わせぶりな振る舞いに見えただけなのだ。

以後、ディオニュソスはそのことを肝に銘じた。

それでも、その後何年も、アリアドネをひそかに求め続けた。数えきれないほど多くの女性とベッドを共にしたにもかかわらず。彼女が兄の妻となり、兄の子を妊娠したにもかかわらず。

おそらく、とディオニュソスは思った。アリアドネは僕にとって未完に終わった宿題だったからだろう。僕は愛を信じるほど愚かではない。

ディオニュソスはそんな子供じみた夢はとうの昔に捨てていた。

そして、テセウスはアリアドネと結婚し、彼女の心を傷つけた。テセウスは彼女を裏切ったのだ。

もしディオニュソスが彼女と結婚していたら、彼が裏切っていただろう。

父親は怪物だったが、ディオニュソスは違う。だが、父親は息子の中の何かを壊した。父親にはなりたくないとアリアドネに言ったとき、ディオニュソスは本音を口にしたにすぎなかった。

彼は自分を子供に押しつけたくなかった。

父親としてどこから始めればいいのかさえわからない。そんな男が父親になるのは、妻をめとるのと同じくらい、きわめつけの愚行としか思えなかった。

とはいえ、今日はアリアドネの誕生日だった。ディオニュソスはそれを尊重するだろう。なぜなら、二人の間に〝永遠〟はないが、この瞬間は確かに存在するからだ。

献身？

殉教？

自由奔放な男にとって、なんと奇妙な行動だろう。ディオニュソスはほかの誰よりもセックスに励んだ。パートナーは数えきれないほどいたが、その中に彼が最初に望んだ相手――心から求めた女性はいなかった。

今、アリアドネの前に立ち、彼女の体にぴったりと張りついたドレスを見て、思いがけずディオニュソスは天啓を受けた。

そう、僕は殉教者なのだ。

僕は今、兄の妻と同居している。兄はアリアドネを心から愛していた。それを認めることは、僕にとって初めての自己犠牲となった。僕はその自己犠牲を噛みしめ、大切にしてきた。だからこそ、アリアドネを手放すことはできない。

そして今、僕は彼女に子供を授けようとしている。テセウスの子供だと偽って。

それは、アリアドネを女性として意識し始めた瞬間から彼女を自分の妻に望んでいたディオニュソスにとって、なんとも皮肉な展開だった。

「シェフにきみの好きなものを用意してもらったんだ」彼はダイニングルームのほうを指しながら言った。テーブルにはたくさんの料理が所狭しと並んでいた。チーズや肉、ケバブ、ディップ付きのフラットブレッド。そして、テーブルのいちばん奥には見事なチョコレートケーキが鎮座していた。

アリアドネは目を丸くした。「多すぎるわ」

「いや、きみの誕生日にふさわしい。いろいろ考えると」

「つまり、これは慰めの宴？」

彼女は眉根を寄せたものの、目には小さなユーモアの光が宿っていて、それは彼に過ぎ去りし日々を思い出させた。

「当然だ。慰めのチョコレートケーキ以外の何ものでもない」

「まあ、あなたの苦労に免じていただくわ。いえ、苦労したのはシェフね」

ダイニングルームに足を踏み入れた彼女の目に涙が光っていることに、ディオニュソスは気づいた。

「泣かないでくれ」

アリアドネは彼を見返した。「このところ、私は泣いてばかりいる。何週間も」

ディオニュソスは胸を締めつけられた。彼女の涙を見るのはつらかった。「そうだね。だが、僕はきみに何かしてあげたかったんだ」

「その優しさが私を泣かせるの。だって、もう何年もあなたの優しさに触れていなかったから」

「僕は優しくなかったか？」

「昔に比べればね」

「僕たちはこの数年間、何度も食事を共にした」

「でも、私たちの関係は変わってしまった。昔は本当の友だちだったのに」

アリアドネは、ディオニュソスがごまかしたり、駆け引きをしたりするのを許さなかった。それは彼が彼女を賞賛する理由の一つであり、同時に、いらだちを覚える理由でもあった。

なぜならディオニュソスは知っていたからだ。自分とアリアドネの間には、彼女がテセウスと結婚して以来、ずっと壁があったことを。兄弟間に壁があったように。

「僕は兄を愛していたが……」彼は言った。「きみの誕生日ディナーを追悼の場にしたくはない。だから、一度だけ言わせてくれ。それでこの話題は終わりにする」いったん言葉を切って続ける。「僕は兄を愛していたが、彼とどう関わっていいのかわからなかった。兄が選んだ父への接し方は、僕のやり方とは正反対だった。だからといって、兄を責めるつもりはない。彼がしたことは間違っていないと思う。ただ、その選択が彼自身を惨めにした。きみのせいではない、アリアドネ。間違いなく」

「でも、テセウスは父親に追従しただけではなく、自分の人生をどう生きるかという選択を、そして世間からどう見られたいかという選択をした。もちろん、お父さまからのプレッシャーもあったでしょう。でも、彼はそれに耐え続け、自分の考えを変えようとしなかった。私がどんなに説得しても」

「つまり、そこには壁があったということだ。僕も兄に、父の操り人形になる必要はないと伝えたかった。父の人生の完璧な付属品になる必要はないと言いたかった」

「テセウスが会社の支配権を維持するためには、あなたのお父さまにある程度は服従する必要があったことが、事態を複雑にしていたの」

「それはわかっている。きみもね。だが、きみはテセウスに変わってほしいと願わずにはいられなかった。そうだろう？」

「ええ」アリアドネはうなずいた。「私は彼にもっと幸せになってほしかった」

「もちろんそうだろう」

彼は同意したあとでアリアドネを見つめ、なぜ兄が幸せでなかったと彼女が思ったのか、不思議に思った。テセウスにはアリアドネがいたし、アリアドネにはテセウスがいたのに。

その疑念をひとまず棚上げにして、ディオニュソスは言葉を継いだ。

「だが、その考えは改めるべきだ。今はきみを中心に物事を考えなければならない」

「私はこの数週間、すでに自分のことを考えて行動しているわ」アリアドネは反論した。「葬儀以来ずっと。けれど、流産してしまい、今、私はここにいる。そのすべてが私に関することなの」

「いや、すべてが悲劇に関することだった。きみは本当に子供が欲しいのか、今や好きなことがなんでもできる身なのに？　もうテセウスに縛られることはないのだから」

彼の問いはアリアドネにとって思いもよらないことだったらしい。彼女の顔には切なさのようなものがにじみ、さらに深く複雑な感情が彼を魂まで揺さぶった。

「私は彼に身を捧げたの」

「僕はテセウスとは関係のない話がしたい」その要求は公平とは言いがたいと、ディオニュソスは自覚していた。だが、兄が死してなお、アリアドネとの間に立ちはだかるのは、いやでたまらなかった。

「それが可能かどうかわからない」彼女はかぶりを振った。「今は無理よ。ただ、理解するのは難しいかもしれないけれど、私は彼がやろうとしていたことは正しいと心から信じているの。私にとって彼の跡を継ぐことはすごく重要だし、私自身、今の仕事が好きなの」

「会社を経営することがきみの夢なのか？」

「ええ」

「子供も？」

アリアドネはゆっくりとうなずいた。「私の両親は私とはなんのつながりも持とうとしなかった。母は父と離婚したあと、モデル業と旅行に明け暮れ、私と暮らしたことはない。父の関心は常に娘より新しい恋人のほうに向いていた。だから、もし私が子供を持つとしたら、私は子供にありったけの愛情を注ぐつもりよ」

「ほかの男性と出会って、恋に落ちたら？」

「テセウスとの結婚はけっして忘れない。彼は私の人生で最も大切な人。そんな彼との結びつきを象徴する子供を手放すことは絶対にないわ」

「だが、その子はテセウスの子でないと、きみは知っている」

「私はほかにもいろいろなことを知っているわ」

そう言いながらも、アリアドネは詳しい説明はしなかった。その代わり、皿に料理を取り分け始めた。そして、二人の間に世間話は成立しないことにディオニュソスは気づいた。二人は距離をおきながらも、互いを知りすぎているから、好きな映画や天気の話をして距離を縮めることはできない。たとえそれを試みたとしても、ただ単に沈黙を埋めるための会話だとお互いに知っているから、むなしくなるだけだ。


そこで、彼は記憶に手を伸ばした。テセウスとはなんの関係もない記憶に。

「きみのお父さんのパーティに忍びこみ、シャンパンを盗んだことを覚えているかい？」

彼女の目が輝くのを見て、ディオニュソスは一瞬、世界を征服したような気分になった。

「ええ、もちろん。苺のケーキもね」

「ああ」たわいのない思い出をアリアドネと共有できることがうれしくてたまらない。「部屋の奥の暗がりに持ちこんで、食べすぎた」

アリアドネは笑った。「あれは、私が十五歳で、あなたが十七歳のときだったかしら？」

「たぶん」ディオニュソスはうなずいた。「残念ながら、自分に厳しすぎるテセウスは僕たちのそんなばかげた行動につき合うことはなかった」

彼女はまた笑った。「食べ物をかすめ取るなんて、彼は思いつきもしなかったでしょう」

「だけど、僕たちは思いついた」

「そうね。確かに思いついた」

「僕たちはときどき、親たちが手に負えないこともした」

「でも、うちの父はいつもひどかった。そして、あなたはいつも、与えられたものから楽しみを引き出す天才だった。それがあなたのいちばん好きなところよ」アリアドネはほほ笑んだ。「あなたは私にいろいろな楽しみ方を教えてくれた。あなたがいなかったら、私はたぶん家の中に閉じこもり、孤独を噛みしめていたと思う。楽しみ方によっては、後ろめたい場合もあったけれど、何よりも大事なのは、私たちが笑い合えたこと。何もないときでも、私たちは笑えるものを何かしら見つけだした」

ディオニュソスは一度も自分をそんなふうに見たことはなかった。兄を守るために最善を尽くしていた彼にとって、ちょっとした悪さは気晴らしにすぎなかった。彼は自分自身を暗く扱いにくいものと見なしていた。アリアドネの喜びや幸福の源としてではなく。

そのため、ほんの一瞬、ディオニュソスは動揺したが、すぐに立ち直った。「だからこそ、僕はこの場所が好きなんだ。僕にとってここは痛みの場所ではなく、喜びの場所なんだ。大人の世界に足を踏み入れる前に僕たちが見つけた、小さな幸せに浸れる場所だから」

「あなたは外で喜びを見つけることができた？」アリアドネが尋ねた。「あなたはこれまで、私とはまったく違う道を歩んできた」

彼女はテセウスには触れなかった。しかし、ディオニュソスは、彼女は僕を通してテセウスを見ているのではないかという疑念に駆られた。

「喜びを見つけるというのは、あまりにも漠然としすぎているように思えた。それで僕は、たまたま見つかった喜びはすべて受け入れようと決めた。なぜなら、喜びとか幸せとかは一過性のものだから。きみは、僕が変わったと思っている。正直な話、僕のように生きるには、心が強くなければならない。だが、僕は自己完結する能力を持ち合わせていなかった。そして、僕がこんなふうに変わった今、つまり、何よりも自分の欲望を優先すると決めた今、僕は孤独の中に多くの喜びを見いだしている。言わば一人きりのパーティだ」

「でも、あなたはわかっていない」アリアドネは険しい表情で反論した。「テセウスにはそういう選択肢はなかったの」

「常に選択肢はあるんだ、アリアドネ。僕は僕自身の人生を選んだ。だが、テセウスは父親の意向に沿った人生を選んだ」

「そんな単純な話じゃないの。あなたの父親は、テセウスが子供の頃、檻をつくって彼をそこに閉じこめた。テセウスは父親との戦いに短かった生涯を費やした。父親に逆らい、自分が当然得るべきものを手に入れるために。できる限り自分の喜びを実現するために」

「まるでそれが兄にとって大変な戦いだったように聞こえる」ディオニュソスは辛辣に返した。「兄には仲間がいた。父の承認があった。そして……きみがいた。まもなく生まれるはずだった赤ん坊もいた。兄はすべてを持っていたんだ」

「いいえ、違うの……」アリアドネは声をつまらせながら言った。「テセウスは……人生の大半を恐怖の中で生きていた。でも、この数年は……」彼を見上げる彼女の頬を涙が伝い落ちた。「ディオニュソス、あなたは本当に気づかなかったの？」

「何をだ？」

アリアドネの目に何か絶望的なものを認め、ディオニュソスは胸を締めつけられた。いったい、彼女は兄にまつわる何を言おうとしているんだ？

「テセウスと私は名ばかりの結婚をしたの。私は十五歳のとき、彼と結婚すると約束した。なぜなら、自分は父が望むような人間にはなれないとテセウスが打ち明けたから。彼は……ゲイだったのよ、ディオニュソス。彼はそれを隠して一生を過ごそうとした。だけど、ある男性と恋に落ち、心を強く持って生きようと決意した。子供のために、そして何よりも自分自身のために。テセウスはようやく自分に正直になれると思った。その矢先……彼はいなくなった。彼はすべてを手に入れたわけではないの。彼が嘘まみれの人生を生きてきたことを、ディオニュソス、あなたは想像すらしなかった」

7

アリアドネは許しを請うた。テセウスがどこにいようと、彼が許してくれるよう祈るしかなかった。

もらした秘密が二人の周囲を漂う中、アリアドネは自分の弱さに怒りを覚えていた。

ジェームズにも許しを請うた。テセウスと彼が一緒にいる間は、けっして公にされなかった秘密を打ち明けてしまったことに対して。

けれど、アリアドネはもう耐えられなかったのだ。卵の殻の上を歩くような神経をすり減らす状態に。テセウスが苦痛のない楽で完璧な人生を送っていたというディオニュソスの見方にも。

そしてそのとき、一つだけはっきりしたことがあった。それは、テセウスの苦悩は知られるべきであり、忘れ去られるべきではないということだった。

彼の愛もそうだ。友人として妻に示した愛。ジェームズに見いだした愛。それらは彼の強さを物語るものであり、人の心の中に生き続ける希望の力のあかしなのだ。

テセウスの人生を楽なものだと決めつけるディオニュソスに、アリアドネは怒りさえ覚えた。

「ありえない」明らかにショックを受けながらも、ディオニュソスは言った。

「ありえないどころか、真実そのものよ」

長い沈黙のあとで彼は口を開いた。「ずっと前から知っていたのか？」

アリアドネはゆっくりと息を吐いた。「私は彼の妻だった。もちろん知っていたわ」

「いつから？」

「ずっとよ」彼女は淡々と答えた。


ディオニュソスはかぶりを振った。「どうやって知ったんだ？」

「彼が自ら打ち明けたの。私たちがまだティーンエイジャーだったときに。彼はゲイであることをとても恥じていた。彼は……あなたになりたかったのよ、ディオニュソス。お父さまが望んでいたのは、あなたのような息子だったから」

ディオニュソスは苦々しげに笑った。「僕は父の望んでいたような息子ではない。昔も今も。父は僕たち兄弟を憎んでいた。おそらく理由は違うだろうが。父が僕たちを憎んでいたのは、僕たちの中に自分を注入して人生をやり直すことができなかったからだと思う。父が真に憎悪しているのは、自分の死なのだ。僕たちが若く、前途ある人生を歩むのを見て、自分の人生が終わりに近づいていることを痛感しているんだ。だから彼は、僕たちを操ろうとした。

僕は拒否したが、それには父の憎悪がテセウスに集中するという副作用が伴った」

「テセウスはあなたのことを男性の理想像として見ていて、あなたのようになりたいと思っていたの。本当にそうなれたら、彼にとってどんなに楽だったか。実際は、彼は自分の殻に閉じこもって生きていた。それが彼の抱える秘密のせいなのか、もともとそういう気質だったのかはわからない。ゲイであることが彼にとって大きな負担だったことは間違いないけれど。テセウスはごく普通の人生を送りたがっていた。パートナーや家族を求めていた。そして、ゲイであることをなぜ秘密にしなければならなかったのかは、あなたに説明するまでもないでしょう」

「なぜ兄は僕に秘密にしていたのだろう？」ディオニュソスは目をぎらりと光らせて尋ねた。

「彼は――」

「僕を信用していなかった。そうだろう？」

しばしの沈黙のあとで、アリアドネは口を開いた。

「彼を責めるの？」

「きみの誕生日パーティでの出来事のせいか？」

「そのとおりよ」

「兄がきみに恋をしていなかったのなら、どうして彼はあのキスを裏切りだと感じたのだろう？」

アリアドネは彼を見つめた。ディオニュソスの黒い瞳が見返す。

当時のことをアリアドネは覚えていた。ディオニュソスがバルコニーに出てきて、彼女を腕に抱いたのだ。その飢えた顔と誰かの名前を結びつけた記憶はなかった。その目の表情はテセウスのそれと同じではなかった。

そしてテセウスが現れ、彼に見られたことに気づいた瞬間、アリアドネはパニックに陥り、ディオニュソスを突き放した。そしてテセウスに、混乱していてあなたと彼を間違えたのだ、と弁明した。

彼女のファーストキスは、義理の弟となる男性からのキスで、それは彼女が夢見ていた情熱的なキスそのものだった。

「私たちが婚約していることを知りながら、あなたは私にキスをした。私はテセウスの救命いかだだったのに」

「なんとも魅力的な表現だな」

彼の言葉をアリアドネは無視して続けた。「私たちは親友だった。彼は私にとって、いろいろな意味で兄のようだった」

「そして、僕は彼の弟だった」

「ええ。だからこそ、テセウスはあなたから哀れみや同情や蔑みの目で見られたくなかった」

「僕が兄をそんなふうに見るわけがない」ディオニュソスは言い返した。

「ええ、わかっているわ。けれど、テセウスが長年にわたって自己嫌悪に陥っていて、彼が唯一信頼していたのは私だけだったことを理解する必要がある。何年もの間、本当の彼を知っていたのは私ただ一人。だから、彼は私だけに打ち明けたのよ」

アリアドネはそこでいったん言葉を切った。

「以後、テセウスは変わった。彼は仲間と出会って変わった。そして仲間が増えるにつれて、彼は自分らしくいられるようになったの」

「それでも、僕は納得できない」

「テセウスには新しい人生が必要だった。新しい世界が。彼にとって、あなたはたぶん、古い世界に属する人、古傷のようなものだったのでしょう」

「なぜ僕が古傷なんだ？」

「彼はあなたのことを、常に父親と結びつけて考えていたからだと思う。でも、それこそがあなたの父親の本当の悲劇ではないかしら？　お父さまはテセウスを寵愛する息子として選び、その結果、テセウスはその重圧に耐えられなかったのだから。何かがきっかけになって、お父さまはあなたを彼の理想とする跡継ぎとして指名する可能性もあったのに」

「僕のほうが父に似ていると言いたいのか？」

「いいえ」彼女は首を横に振った。「ただ、お父さまはあなたの中に自分を見いだしていたと思う。テセウス以上に。だって、あなたは冒険好きで、女性にもてて……」

「お世辞がすぎるよ、アリアドネ」

「私は事実を言っているだけ。お父さまはあなた方を支配し、けっして勝てないゲームに引きこんだ。テセウスにとってはプレイヤーから外されたときのほうが楽だったはず。私たちが〈カトラキス海運〉を立て直す力を得たときに。そのあとよ、ジェームズと出会ったのは。ジェームズは本当にすばらしい人よ。彼はテセウスが自分自身を見つける手助けをしてくれた」彼女は涙をこらえて言葉を継いだ。

「私は永遠に彼を愛するでしょう」

ディオニュソスはいかにも苦しげに応じた。「ジェームズは今どこにいるんだ？」

「〈カトラキス海運〉の最高財務責任者（CFO）として、私が不在の間、会社の舵取り（かじとり）をしてくれている。ジェームズには流産のことを話さなければならなかったけれど、彼は秘密を守ってくれている。彼は……」

アリアドネはまばたきをして涙をこらえた。

「彼も子供を欲しがっていたのか？」

彼女はうなずきながら、ディオニュソスの理解力に感謝した。「テセウスと私は離婚するつもりだった。私たちと赤ちゃんの相続問題にけりがついたら、彼はジェームズと結婚するはずだった。私の祝福のもとにね」

「きみは兄を愛していたんじゃないのか？」

「愛していたわ。懸命に。だから、一生テセウスを悼み続けるでしょう。でも、妻の立場で愛していたわけじゃないの。言わばロマンス抜きのソウルメイトね」

「じゃあ、子供は……」

「人工授精よ。あなたのお兄さんとは一度もベッドを共にしていない」

今、二人の間のテーブルには多くの爆弾が積み上がっていた。ねじれ、もつれた真実が。そのうちの一つが爆発したら、すべてが瓦解する恐れがあり、アリアドネは怖くてたまらなかった。

「全部、最初から説明してくれ。僕ときみが初めて話した日から、きみの十八歳の誕生日まで」ディオニュソスは息をついた。「そして今に至るまで」

「わかったわ」アリアドネはゆっくりとうなずきながら言った。「私はいつもテセウスを守りたいと思っていた。それって、恋に落ちたも同然だった。彼を守りたかった。あなたと私は一緒に島を駆け巡ることができた。一緒にばかなこともできた。だけど、テセウスは……」

「彼はもっと温順だった」

「そうね。でも、私はあるとき、ただ温順なだけではないことに気づいたの。彼は明らかに怯(おび)え、そして怒っていた」

「僕には怒っているようには見えなかった」

「怒っていたわ、自分自身に。何年もの間」

「なぜもっと早く僕に言わなかったんだ？　僕の子供が欲しいと言ったときに？」

「相続のことがあるからよ。場合によっては、お父さまが相続権を取り上げる可能性もあった」

「加えて、僕のことを信用していなかったから」

「いいえ、それは違う。ただ、口に出すのは控えたほうがいいと思ったの。これはテセウスの物語でもあるから、私は彼が受ける個人的なダメージを最小限にとどめたかった。それに、まだ生きている人物――ジェームズにも影響が及ぶから」

アリアドネはディオニュソスの表情を読み取ることができなかったが、昔のように彼とずっと親しくしていればよかったと思わずにいられなかった。けれど、それは不可能だった。というのも、彼女は秘密を抱えていたからだ。テセウスの秘密だけでなく、自分の秘密も。

そう、ディオニュソスとの間に距離ができたのは、テセウスのせいだけではなかった。彼女自身のせいでもあった。

キスの記憶と、それが呼び覚ました気持ち。テセウスに感じていたものとはまったく異なる引力を、なぜ彼に感じたのか、アリアドネは知らないふりをすることができなかった。だから、彼の唇の刻印を消し去りたかった。

あのキスのことを考えるとき、アリアドネは自分の動揺ぶりに意識を集中した。

どれだけ怒っていたか。

どれほど裏切られたか。

それ以外のことを考えるのは危険だった。

今でさえ、彼に見られていると思うだけで、肌がほてるのだから。

あいにく、彼女が感じていたのは羞恥心ではなかった。

どうしてこんなことができたのだろう？ テセウスの苦悩について語りながら、ディオニュソスを見て、彼とキスをしたときのことを思い出すなんて。しかも彼の赤ん坊を失ったばかりなのに。

結局、私は父親に似ているのかもしれない。新しい恋人を見つけてはすぐに捨てる父親に。

ただし、あなたはテセウスに触れたことはなかった。心の声が言った。そして、問題はいつもディオニュソス。そうでしょう？

アリアドネには空間と時間が必要だった。赤ちゃんについて決断する準備ができていないという意味ではなく、ディオニュソスと距離をおくために。今の彼女には、誰かと体の関係を持つこと、ましてデイオニュソスと関係を持つことなど、これっぽっちも考えられなかった。

彼女は十五歳のときに誓いを立て、それを守ってきた。複雑な事柄には首を突っこむまいと。そして、ディオニュソスとの間に子供を授かることは、どんな方法であれ、複雑なことではない、と自分に言い聞かせていた。テセウスとディオニュソスはほぼ同一の遺伝子を持つ双子なのだから。

でも、とアリアドネは思った。私はテセウスとディオニュソスを同一視したことがあったかしら？

人工授精で彼の子供を産んでも、私は彼のことを無視できる、と彼女は信じていた。

だけど、これまでディオニュソスを無視できたことがあったかしら？ 再びアリアドネは自問した。

いいえ、一度もない。

胸の内でそうつぶやいたとたん、アリアドネは逃げ出したくなった。会社を捨て、すべてを捨てて。

そして、解放感を覚え、爽快な気分になった。けれどそれもつかの間、独りぼっちで寂しい人生を送る自分の姿が脳裏に浮かんだ。

何もなく、誰もいない。家族もいない。ディオニュソスとのつながりさえない人生……。

耐えられなかった。

あまりに耐えがたかった。

「たとえあなたが理解できなくても……」アリアドネは言った。彼だけでなく、自分自身に言い聞かせるかのように。「私は計画に沿って行動するつもりよ。私は〈カトラキス海運〉を大切に思っている。その経営に心血を注いできた。テセウスを幸せにするのと同じくらいに。あなたには理解できないかもしれない。でも、彼は私の親友だった。普通の男女のようには愛し合っていなかったけれど、私が彼を愛していたことは確かよ」彼女は彼をじっと見つめた。「あなたのご両親は幸せだった？」

「当然ながら〝ノー〟だ。誰も僕の父とは幸せになれない」

「知ってのとおり、私の父は妻を車のように買い換えていた。二、三年ごとに、よりよいスペックの新しいモデルを欲しがった。そんな父を見て、私はロマンスに期待しなくなった。恋愛なんてせいぜいつかの間の戯れにすぎない。テセウスとの友情はいっときのものではなく、正真正銘、本物だった。家族になるという決意に満ちていた」

「本当に、それがきみの望んでいることなのか？」

「ええ、そうよ。たとえあなたが理解してくれなくても、私は計画を成就させなければならない。そして永続する関係をつくりたい」

「人々に必要とされるような？」

彼の言葉はまるで刃物のようだった。

「それのどこが悪いの？　少なくとも人々は私を頼ることができる。あなたは一人で、何も気にせず、誰も気にかけずにいる」

「僕は世界中で何千人もの従業員が働く企業を経営している。その意味で、僕はきみと同じように人々の面倒を見ているとは思わないのか？」

「ええ、私とあなたとは違うわ」

「なぜだ？　きみと兄は従業員の待遇を劇的に改善したからか？　きみたちが達成したことを否定しているわけではないが、同じようなことをしているのに、きみがすることは立派で、僕のしていることは評価しないというのは、ご都合主義に思える」

「でも、あなたの話を聞いていると、あなたにはまったく人とのつながりがないように聞こえる」

「そのとおりだ。僕はなんのつながりも持っていない。だが、僕の結論はきみの結論とは逆だ。人生には長続きするつながりなんてないんだ。きみとテセウスはどうなった？　彼はもうこの世にいない。きみは今回の献身的な計画でテセウスを讃えたいのだろうが、本当はきみは自分のために今回の計画を立てたんだ。そして、僕と兄の関係は彼が亡くなる何年も前に壊れた。いいかい、アリアドネ、永遠に続く関係などないんだ」

「だからなんだというの？　人間の本質とも言える孤独を受け入れ、不遇をかこっていろと？　すごく楽しそうね」

「そうじゃない。すべは幻想だということを受け入れるべきだと言っている」

「もしこのすべて――人とのつながりもどんな種類の気遣いも幻想だとしたら、なぜあなたは私とここにいるの？」

ディオニュソスは険しい目で遠くを見つめ、彼女を完全に締め出した。そして笑った。「わからない。おそらく僕の中に、自分の信条を信じきれない何かがあるのかもしれない。自分の道は自分で切り開くものだと信じていたが、どうやら僕は過去を完全に葬り去ることができないようだ」

アリアドネは息をのみ、心臓が激しく打ちだすのを感じた。どうやら彼は気づいたらしい。二人の間にあるそのつながり、そしてそれが本当の意味で一度も壊れたことがないという事実に。

彼女はそれを否定し、目をそむけたかった。けれど、ディオニュソスから簡単に目をそむけることができるなら、彼とのキスの記憶を胸に大切にしまっておくことはなかっただろう。

それこそがアリアドネの問題の一部だったのかもしれない。どんなに望んでも、彼女はその情熱を完全に消し去ることができずにいた。若い頃、彼女は島を探検するのが好きで、その点でディオニュソスとつながっていた。そして十六歳のとき、彼女は海の中で、そのつながりが何か違うものに変わっていくのを感じた。

それが怖かった。なぜなら、アリアドネはすでに欲望に惑わされない人生を送ろうと決めていたからだ。欲望とは何かを理解する前に。しばらくして理解すると、彼女はそれを恐れた。そして十八歳のとき、二年前に差しこんだ鍵をディオニュソスがまわし、彼女が望むもの、感じるものをさらけ出した。

そのときアリアドネは変わった——完全に。

そして恐怖に駆られ、数年前に下した決断は正しかったと意を強くした。なぜなら、誰かを欲したり、誰かに恋い焦がれたりするのは、愚かとしか言いようがないからだ。父親がどんなふうに女性を使い捨てにしてきたかをつぶさに見てきたアリアドネからすれば。

そうしたことが思い起こされたとたん、この道を歩み続けることの重要性が浮き彫りになった。彼女には守るべき仲間がいるからだ。

アリアドネは人々の役に立つ存在だった。

ディオニュソスを見やると、彼女の意識は知らず知らず彼に引きつけられた。彼だけに。それが彼女には許しがたかった。

「今、僕はきみをどう見たらいいのかわからない」

「どういう意味?」

「バルコニーできみにキスをしたとき、僕はきみが兄に感じている情熱と闘っているのだと思った。そして、きみがショックを受け、僕を突き放したとき、きみと兄は燃え盛る情熱で結ばれているに違いないと思った。僕はきみが欲しくてたまらなかった。だが、きみは兄に身を捧げているのだと思うと……。だが、そうではなかった。アリアドネ、きみはバージンなのか?」

彼女は返答に窮した。テセウスの秘密を暴露することは、自分自身の秘密も暴露することを意味するとわかっていたのに、充分に考慮しないままディオニュソスに打ち明けてしまった。その結果が彼のこの問いかけだった。

　でも、それがどうしたというの？　私は自分の人生からセックスを遠ざける道を選んだ。だったら、堂々と答えればいい。そうでしょう？

「ええ」アリアドネは言った。

「ああ、なんてことだ」

「自ら選択したの。私は自分の人生をこのように生きると決めた。私には性的な欲望を満たすことよりずっと大切なことがあるの」

「いや、ただ単に兄がきみを求めなかったからだ」ディオニュソスは辛辣に言った。「明らかに」

「テセウスに恋をしていると思ったとき、若かった私はまだ欲望がどんなものか理解していなかった。でも、大人になるにつれて……いいえ、私は彼を欲しいとは思わなかった。少なくとも熱烈には」

「きみは……僕を求めていたのか？」

「ディオニュソス、あなたとこの話を続けるのは無理よ。私は何年も前にその扉を閉めた。意を決して。私は安定した人生を選んだの」

　そして突然、アリアドネは自分の中の防護壁にひびが入り、崩壊し始めるのを感じた。安全な人生を選んだのに、今やそれは存在しないからだ。彼女がテセウスを選んだのは、自分の手に負える愛だと感じたからだ。すべてを自分の中で処理でき、彼に裏切られるのではないかと危ぶむ必要もなかった。

　アリアドネは何よりも安全と安定を重視し、情熱を完全に抑えていた。ディオニュソスと交わしたあのキスも含めて、何も感じないようにしてきた。

　しかし、安全も安定も消え去った今、アリアドネに残されたのは、この、むき出しにされた生々しい感情だった。けっして消えることのなかった情熱。

　ああ、私はなんて愚かだったのだろう。

　世界は安全ではなかった。私の選択は私を守ってくれなかった……。テセウスとの結婚は私を欲望から隔離していたけれど、それがなくなったことで、対処してこなかった問題が明るみに引きずり出され、さらされているのだ。

　アリアドネは腹を立てた。いつか報いが来ることに気づかなかった自分に。たとえテセウスが生きていたとしても、報いは必ずやってきたに違いない。二人は離婚し、彼女は結婚生活という盾を失っていただろう。

　ふいにアリアドネは立ち上がった。彼も続く。

「私は使い捨てにされたくなかった。私は……ここから出ていきたくない。テセウスのいない世界で、無防備なまま生きていくのはいや」彼を見つめたとたん、アリアドネはベールをはがされたような心地がした。崩壊した防護壁から、悲しみばかりか、ディオニュソスを見るたびに抑えこんでいた欲望まで流れ出したかのようだった。そう、この数週間だけでなく、十六歳のときから彼を見るたびに頭をもたげた欲望まで。


　二人でシャンパンを盗み、海で泳いだあのとき。

　三年前のクリスマス、ロンドンにあるテセウスの豪邸のダイニングルームに隣接したバーで二人きりになったとき。

〝シャンパンをどう、とはもう尋ねない〟

　ディオニュソスはからかった。

　彼を好きになるはずではなかった。

　彼の顔を見て真っ先に思い出すのは、あのキスではないはずだった。

　もう何年も前のことで、ディオニュソスも彼女も二度とそのことを口にしなかった。

〝私はシャンパンが好きよ〟彼女は言った。〝最近はもっとハードなものが好きだけれど、私たちの青春に乾杯してくれない？〟

　あるいは四年前。

　二人はロンドンの政治的なイベントに出かけた。そのとき、二人は離れた場所にいたが、たまたま目が合うと、そのまま見つめ合った。

ディオニュソスはほほ笑みはしなかったが、その目に宿る光は、若かりし頃の彼を彷彿とさせた。そして政治家の演説が終わる頃にはアリアドネの警戒心は解けていて、気づいたときには彼と廊下に立っていた。たわいのない話をしただけなのに、アリアドネは彼の腕の中にふらふらと倒れこみそうになった。そのときの彼女は人妻であることを忘れていた。

しかし、彼女は帰らなければならなかった。別れの挨拶もそこそこに。時間が必要だったからだ。考えるために。息をするために。

さらにアリアドネは、六年前のイースター・ブランチで、卵探しが始まる前に彼がお菓子を配って小さな子供たちを野生化させてしまったことを思い出した。

アリアドネは彼をいさめたが、子供たちの騒ぎを見るのは楽しかった。自分の子供ではないにもかかわらず。

〝子供の頃、あなたはあんなふうに楽しんだことはあった？〟

〝あったよ〟

彼女は息をのんだ。彼があのキスを思い出している気がしたからだ。

結婚式のときも、アリアドネは彼を完全に避けていた。彼はベスト・マンだったが、緊張感が漂っていた。テセウスとのキスを巡る怒りのせいだ。

そして十年前。

テセウスはまっすぐアリアドネのところへやってきて、彼女をぎゅっと抱きしめた。彼が頭を下げて唇を重ねたとき、彼女は生きながら焼かれている心地がした。

彼女は焼かれたかった。

同時に、怯えていた。

それは高い岩から海に飛びこむようなものだった。

そのつかの間の葛藤の中で、アリアドネは彼に抱かれるのを自分に許した……。

アリアドネは物思いを断ち切り、目の前に座っている男性を見やった。戻りたいと思った。あのキスをやり直し、情熱を感じたかった。情熱から目をそむけても自分を守れないとわかったからだ。

アリアドネは他者の人生に身を捧げた。修道女のように。

一度もセックスをしたことがなかった。それには理由があったのだが、その理由になんの意味もないとわかった今、大胆にもアリアドネは自問した。だったら、セックスを経験してもいいんじゃない？

アリアドネは自分が望んでいた男性を見つめた。ディオニュソスはけっして私を愛さないだろう。そもそも彼は永続する愛など信じていない。私と同じく。二人ともこれまでの人生で、そのような愛を一度も見たことがないからだ。

にもかかわらず、アリアドネは彼を求めた。

彼と距離をおかなければならない本当の理由は、その欲求が消えることがなかったからだ。

アリアドネは泣きたかった。けれど、泣くつもりはなかった。なぜなら、泣いたとたん、彼女は粉々に砕けてしまうから。

「ええ、私はバージンよ」アリアドネはもう一度、今度は語気を強めて言った。

「残念だ」

ディオニュソスの言葉は短く、あっさりしていたが、口調は辛辣だった。そのため、アリアドネは自分の純潔が重荷のように感じられた。そして、疑念が頭をもたげた。

私はなんのためにバージンを守ってきたの？

なんのために、欲望を封じこめてきたの？

かつてディオニュソスは彼女を求めていた。アリアドネは応えるどころか、目をそむけ続けた。テセウスを守るためだと思いこんでいたが、本当は自分を守るためだった。

彼女はずっと、父親やその愛人たちの影響から逃れられずにいたが、それを隠すのに長けていた。

なのに、結局は独りぼっちになってしまった。

アリアドネの努力はすべてが無駄だったのだ。長年にわたり、テセウスはアリアドネとディオニュソスの間に立ちはだかっていた。そして今、彼はもういない。だったら……。

「ディオニュソス……」彼女はささやいた。「私にキスをして」

8

ディオニュソスの細胞のすべてが凍りついた。この二十分で、彼の信じていたものをすべて覆されたのだ。

兄はアリアドネを愛していなかった。なのに、結婚した。

そして、兄が妻に触れることはなかった。

僕は彼女を求めていたのに……。

性的な誘惑に僕が屈しなかったのは、アリアドネに対する欲望があまりに大きかったからだ。僕はただ、彼女がその気になるのを待っていた。

ところが、アリアドネは兄と婚約した。それを知ったとき、ディオニュソスは激怒し、そして打ちのめられた。

　アリアドネはテセウスを選んだのだ。体つきも何もかもディオニュソスとそっくりの兄を。

　それはとりもなおさず、彼女がディオニュソスを拒絶した理由が容姿にあるのではなく、人格にあることを物語っていた。その事実は、彼に死を宣告したも同然だった。

　だが、そうではなかったのだ。

　ディオニュソスは怒りに駆られた。自分自身に、兄に、そして彼女に対して。

　あまりに苦しく、悲しい。僕はテセウスが地獄の苦しみを味わっていることに気づきさえしなかったのだ。テセウスの肩を揺さぶり、恥ずべきことは何もないと言ってやりたかった。しかし、その機会は一度も与えられなかった。アリアドネに対する禁じられた欲望のせいで。

　もしテセウスが何もかも打ち明けてくれていたら、何か別の打開策を思いついていたかもしれない。だが、兄は真実を隠して生きる道を選び、アリアドネは自分のものだと全世界に宣言した。実際は、彼女は兄を守るための盾でしかなかったのに。

　そして今、彼女は独りぼっちだった。

　だが、ディオニュソスはこの数週間、ずっと彼女に寄り添ってきた。

　とはいえ、アリアドネの悲しみは彼が想像していたものとはまったくの別物だった。

　友情の喪失、安定した人生の喪失、遺産を失う可能性。しかし、彼女の悲しみに、愛する人の喪失は含まれていなかった。

　そんな人はいなかったから。

　アリアドネは僕のものだ。そう確信したとたん、ある決意が天啓のように彼の心に降りてきた。

　人工授精はしない。

　僕はアリアドネを自分のものにする。あらゆる方法で。そのあとで、生まれた赤ん坊の父親についてどんなふうに偽ろうと、僕の父にどんな嘘をつこうと、それは彼女の自由だ。だが、いずれ子供は真実を知ることになる。

アリアドネは僕のものになる。そのことに、疑問の余地はない。

ただし、依然として大きな危険が存在していた。ディオニュソスは彼女を愛せなかった。少なくとも彼女にふさわしい形では。テセウスと同じく。もしだとしたら、僕だって、不完全ながらもアリアドネを自分のものにしても問題はないはずだ。そうだろう？

「教えてくれ」彼は言った。「あのキスのとき、きみは本当に僕のことを兄だと信じていたのか？」

「いいえ」アリアドネはきっぱりと答えた。

「なぜ嘘をついた？」

「怖かったから。あなたとのキスの意味を掘り下げるのが怖かったから」

「きみが十六歳のとき、僕たちは海に泳ぎに行った。きみは僕にキスをしたがった」

「そのとおりよ」彼女はうなずいた。

「あのときも、きみは怖かったんだね？」

「ええ。私がテセウスと交わした約束を破らせる力が、あなたにはあったから。私はばかじゃないわ、ディオニュソス。私はあなたの欲望が愛とは関わりがないことを知っていた。ロマンティックな愛が存在する証拠を私は見たことがない。だから、私が欲しかったのは安定と安全だけ。あなたと共に歩む人生にあるのは、狂気と情熱とスリルだとわかっていた」

「今もそうかもしれない」彼は言った。「だが、そうしたものが僕たち二人を燃え上がらせる可能性がある。そのことも、きみはわかっているのか？」

「ええ」アリアドネは沈んだ声で答えた。

「それで？」

「私はあなたから逃げ、別の方法を試した。でも、何も得られず、こうして一人で戦っている。何を試みても私を守るには充分ではなかったという過酷な現実を突きつけられて。だから、私は今、結果など気にせずに自分の望むものを手に入れたいの」

「お嬢ちゃん、僕はきみを貪りつくすかもしれない。それでもいいのか？」ディオニュソスのあらゆる血管を欲望が走り抜けた。

「ええ」アリアドネはかすれた声で答えた。

「だったら、きみの要求に応えよう」

ディオニュソスは彼女に歩み寄った。心臓が激しく打っていた。アリアドネが目を輝かせて立ち上がると、彼はうなり声をあげた。なぜなら、十代の頃からの願望が、今まさに叶おうとしていたからだ。

「これまで何人の男とキスをした？」

「あなたとテセウスの二人だけよ」

「兄が欲しくてキスをしたのか？」

アリアドネは首を横に振った。「すべては演技だった」ごくりと喉を鳴らす。「彼に魅力を感じたことは認めるわ。でも、それはあなたに感じていたものを彼に重ね合わせていただけだった。テセウスは私を必要とし、私は彼の支えであり親友だった。それに引き替え、あなたは私を必要としなかった。だけど、あなたは野性的で、私の中の野性を呼び覚ました。私はそれが怖かった。ただ単に誰かに必要とされるほうがずっといい」

「きみは僕を求めていたのか？」

「それがなんなのか最初はわからなかった。理解できなかった。若かったから。でも、あなたにキスをされたとき、あなたが欲しいと思ったの。そして、私には無理だと悟った。私があなたを求めていると知っていたら、テセウスは私と結婚しなかったと思う」

「いや、違う。兄は必死だったんじゃないかな」

「ええ。それは私も同じ。安心感と安定が欲しくて。テセウスはそれを与えてくれた。だから、私は彼を選んだの」

「だが、それはきみが少女のときの選択だ。今、きみは大人の女としてどんな選択をするんだ？」

アリアドネは自分が何を選択するべきか知っているとディオニュソスは確信していた。ただし、それを実行に移すには、彼女のほうから二人の距離を縮めなければならない。なぜなら、彼はすでに一度、試みていたからだ。そしてその代償を払わされた。

意を決したかのようにアリアドネが近づいてくると、ディオニュソスは胸を締めつけられた。彼女はとても美しかった。黒い髪に、きらきら輝く緑色の瞳。

今、ディオニュソスの目の前に立っているのは、彼と一緒に島を駆け巡った女性だった。すべてを明るくしてくれる人、彼が何よりも誰よりも望んでやまない人だ。

アリアドネは彼の首に腕をまわし、ゆっくりと唇を寄せていった。

かつて一緒に泳いだときのことが、若い頃に抱いた欲望がよみがえる。

そしてついに、アリアドネは柔らかな唇を彼の唇に押し当てた。それこそがディオニュソスにとって必要な誘いのすべてだった。

彼はうなり声をあげ、荒々しくキスを返してから、無理やり口を引き離した。彼は飢えていた。そして充分に待ち続けた。なんとしてもアリアドネを自分のものにしたかった。心臓がばくばくし、下腹部は鋼のように硬くなっていた。

「僕は今、あらゆる方法できみを手に入れようとしている。あの夜と同じく」

アリアドネは身を震わせた。彼女も明らかに彼を求めていた。

　ディオニュソスは彼女の顔を両手で包み、その愛らしく見慣れた頬を指でなぞった。彼女はずっと手の届くところにいたのに、これまではまったく触れることができなかった。テセウスがガラスの向こうに彼女を閉じこめていたから。箱に詰めたコレクターズ・アイテムのように。棚に置かれた人形のように。手つかずのまま。バージンのまま。

　彼はアリアドネを破滅させるつもりだった。完全に。昔、彼女が彼を破滅させたように。復讐ではない。清算だった。

　再び彼女は身を震わせた。ディオニュソスはそれを楽しんだ。初めてキスをしたときのことを思い出す。そのときは彼も震えていた。欲望の塊と化して、まだ童貞だった。

　今の彼は、女性の扱い方を正確に知っていた。快楽を与え、それ長引かせる方法を。

　今夜、ディオニュソスはそうするだろう。アリアドネの誕生日の夜に。

　ディオニュソスは彼女の首筋に手を伸ばし、指先を鎖骨に沿って滑らせ、肩からドレスのストラップを弾き飛ばした。薄い生地の下で胸の頂が玉のように浮き出ているのが見える。このドレスなら、ブラジャーをつけているはずがない。

　アリアドネの胸は完璧だった。彼の手のひらをちょうど満たしてくれる大きさで、張りがある。口に含んで味わいたかった。

　その欲求をディオニュソスは必死に抑えこみ、彼女のドレスの前を押し下げ、完璧な形の胸と、くすんだ色の頂をあらわにした。

　なんと美しい。女神そのものだ……。

　これまでディオニュソスは数えきれないほどたくさんの女性の裸身を見てきた。しかし、どれもとうてい及ばない。僕のアリアドネには。

彼女が勢いよく息を吐き出した。その興奮ぶりを味わいながら、彼は言った。「服を脱ぐんだ」

抵抗するのか、それとも従うのか、彼にはわからなかったが、アリアドネは震える手でファスナーを下ろし、ドレスを足元に落とした。それからドレスから抜け出し、彼の前に立った。同じ色の小さな下着一枚とショッキングピンクのヒールを身につけただけの姿で。

「美しい」ディオニュソスは言った。「きみのすべてが見たい」

アリアドネが靴を脱ぎ、続いて下着を取り去ると、ディオニュソスの目は脚の付け根の黒いカールに注がれた。そのとたん、彼は体から皮膚が剥がれ落ちたような感覚に襲われた。これほど差し迫った欲望を覚えたことはなかった。

アリアドネの秘密――それは僕のためにある。

ディオニュソスは彼女に近づき、腿を抱くようにして体を持ち上げると、彼の腰に脚を巻きつけるよう促した。そして、胸のふくらみが自分の胸に押しつけられるのを意識しながら、後頭部を支えて彼女の唇を奪った。

十数秒後、ディオニュソスは口を離し、彼女の腰に腕をまわして抱き上げ、ダイニングルームを出て階段をのぼり始めた。

彼の寝室は暗く、がらんとしていた。窓からは海が望める。だが、そんなことはどうでもよかった。ディオニュソスが必要としていたのは彼女だけだった。

ベッドに寝かせると、彼女は息をのんだ。

「脚を開いて」彼はうなるように言った。

彼女は頬を染めた。

そう、アリアドネはバージンだった。そのことを思い出すと、ディオニュソスはつらくなったが、それでも独占欲の刃（やいば）は彼の胸を突き刺した。

彼女は僕のものだ……。

「きみは美しい。きみのすべてをこの目に焼きつけたい」

「でも、無理よ」

「僕が手伝う」

ディオニュソスはベッドに上がり、両手を腿の内側に添えて脚を開いた。秘めやかな部分はしっとりと潤っている。彼を迎え入れるために。

彼は手を上に動かし、脚の付け根の一センチ手前で止めた。祈りを捧げるために。聖なる地に分け入ろうとしていたからだ。彼はこの瞬間を夢見ていた。

ディオニュソスが指を湿った襞の間に少し差し入れるなり、彼女はあえぎ、腰を激しく揺らした。

「ゆっくりでいいよ」

彼が言うと、アリアドネは唇を噛み、腰をゆったりしたリズムで動かし始めた。「私の中に……バージンのしるしが残っているとは思えない」

もちろんそうだろう。彼女は医療処置を施されているのだから。「だが、きみはまだバージンだ」ディオニュソスは言った。その言葉は彼の中で思いがけず強く響いた。十代の彼にとって、それは大きな意味を持っていた。彼女のために自分の初体験を先延ばしにしていたからだ。

ディオニュソスは親指を最も敏感な突起の上に添えながら、指を一本、彼女の中にさっきより深く差し入れた。そしてそっと抜き差しを繰り返してから、指を二本にした。彼女の体から力が抜けていく。彼はすかさず、身をかがめて親指を添えていたところに舌を這わせ、彼女を味わった。

ほどなく彼は指を引き抜き、彼女の腰をつかんで引き寄せ、唇と舌でアリアドネを貪った。これこそが、ディオニュソスが何年もの間、夢想していたものだった。

やがてアリアドネが彼の愛撫で砕け散ったとき、

彼は彼女の欲望のしずくを一滴残らず飲み干した。全身を激しい欲望に脈打たせながら。

これが続くことをディオニュソスは切に願った。十年間も待っていたのだから。

アリアドネは解き放たれた。全身をわななかせ、あえいでいた。ディオニュソスは彼女の頭上で、冥界の主(あるじ)のように彼女を見下ろしている。服はまだ着たままだ。

彼女は急に恥ずかしくなった。だが、平然としているように見える彼も、よく見ると、額に汗がにじみ、息が荒かった。そして、その目には紛れもなく飢えがあった。

「あなたも服を脱いで」彼女は言った。

ベッドから下りてシャツのボタンを外し始める彼の顔を、一瞬、勝利の色がよぎったのを、アリアドネは見逃さなかった。

ディオニュソスがそのゴージャスな胸と美しい筋肉をあらわにすると、口の中がからからになった。アリアドネはつい最近、彼の裸の上半身を見たばかりだったが、まじまじと観察するのは初めてだった。

彼に触れたくてたまらない。彼が私にしたように、彼を味わいたくてたまらない。

そんな衝動に駆られる自分を恥じていたが、それ以上に、彼を求める気持ちは強かった。

ずっとそうだった。

そしていよいよ、彼と結ばれるのだ。

ディオニュソスがシャツを脱ぎ、ベルトに手をかけたとき、彼女が考えることのできた唯一のこと、それは一人で生きていることの利点だった。まわりに彼女のことを嘲笑する人はいないし、誰かのために演技をする必要もないのだ。さらに言うなら、喜ばせなくてはならない人もいない。自分を喜ばせることだけを考えればいいのだ。

彼がすべての服を脱ぎ、アリアドネは生まれて初めて男性の全裸姿を目にした。

私はパンドラの箱を開けてしまったのではないかと、アリアドネは怖くなった。彼の一糸まとわぬ姿を見ただけで、絶頂を迎えたかのように体が震えたからだ。

バージンとはいえ、絶頂を経験したことはある。彼女は自分の体を熟知していた。しかし、そこにはいつも後ろめたさがつきまとっていた。セックスの絶頂感なんてなければいいのに、とよく思ったものだった。セックスの誘惑から自由になれたらいいのに、とアリアドネは願っていたのだ。

そして、自分の手で絶頂に達したときにディオニュソスの顔が脳裏をよぎるたび、今のはテセウスだと自分に強く言い聞かせた。そうに決まっている、テセウスは私が最もよく知っている男性なのだから、と。


けれど、自分に正直になるなら、脳裏に浮かんだのは常にディオニュソスだった。

アリアドネの目は彼の興奮のあかしに釘(くぎ)づけになった。ブロンズ色のそれは張りつめ、誇らしげに突き出ている。大きく、太く、つややかだ。彼に失望させられることはけっしてないだろう。

それでも、存分に楽しめなかったとしたら、その責任は私自身にある。彼ではなく。なにしろ、私はバージンで、性的に至って未熟なのだから。

アリアドネはバージンならではの緊張を押しのけ、膝立ちになって、彼ににじり寄った。そして手を伸ばし、欲望のあかしをぎゅっと握りしめた。

「あなたは美しい」アリアドネはうっとりとつぶやいた。

ディオニュソスは食いしばった歯の間から、激しく息を吐き出した。そんな彼を見ながら、アリアドネは濡(ぬ)れた唇を欲望のあかしにあてがい、できる限り深くのみこんだ。すると、彼は手を伸ばして彼女の髪をわしづかみにして強く引っ張った。

アリアドネは彼を見上げた。「私、何か悪いことをした？」

「いや」彼はうなった。「やめないでくれ」

彼女は再び奥深くまでのみこんだ。そして、信じられないような刺激的な味を堪能しながら、熱を込めて続けた。彼に再び髪をつかまれるまで。

「もう充分だ、アリアドネ。こんなふうに果てたくない」

けれど、その瞬間を思い描くのは楽しく、とてもエロティックだった。だから、アリアドネはこのまま続けたかった。ディオニュソスに求められていると感じたかった。

そのとき突然、胸が高鳴るのを感じた。今までに知らなかったうねりを。

アリアドネは欲望は女性を弱くすると考えていた。欲望が女性にどれほどの力を与えるか、まったく理解していなかったのだ。彼女は今まさにその力を感じていた。ディオニュソスが身を震わせるほど彼女を求めていたからだ。彼女が口で彼を喜ばせるのをやめさせたいほど、彼女の中に入りたがっているのだ。

私は彼に死ぬほど求められている。それより重要なことはない。

それでも、アリアドネは彼の要求に応じて口を離し、次に何が起こるか辛抱強く待った。

ディオニュソスが濃厚なキスをしながら彼女を力いっぱい抱きしめると、アリアドネはため息をもらし、彼のたくましい胸に触れた。胸毛のざらざらした感触は魅惑的で、肌は熱い。自分と彼の胸の質感の違いに、彼女は驚嘆した。

彼は男性として完璧だった。アリアドネの小さいところは大きく、柔らかなところは硬い。

さらに強く抱きしめられ、腹部に雄々しく張りつめた欲望のあかしを感じると、アリアドネはもはやそれを自分の中に迎え入れることしか考えられなくなった。

「お願い、ディオニュソス」彼女はささやいた。

「避妊はしないよ」彼は決然と言った。

今の二人は親密で、しかも主治医が人工授精を試みてもいいと言った時期が近づいていた。

アリアドネは泣きたくなった。今夜、赤ちゃんができるかもしれない。計画とは違う方法で。

私はその覚悟ができているの？　アリアドネは自問した。状況を考えれば、現実的な考えだと認めざるをえない。けれど、もし二人でベッドを共にして子供ができた場合、私は彼に子供の所有権を放棄してくれと頼めるだろうか？

そのことをディオニュソスに確かめたかったが、できなかった。なぜなら彼を求めていたからだ。避妊具をつけない生身の彼を。

だから、彼女は言った。「ええ、かまわない」

次の瞬間、ディオニュソスはアリアドネを仰向けに押し倒し、覆いかぶさった。そしてすぐさま、自分の腰に彼女の脚を巻きつけさせ、ゆっくりと彼女の中に我が身を滑りこませた。

彼はとても大きく、アリアドネは自分の体が押し広げられるのを感じた。バージンのあかしこそ残っていないが、当然ながらこんな感覚は初めてだった。最高に気持ちがよかった。

「ディオニュソス……」彼女は彼の名を呼んだ。祈りのごとく。

彼が激しく動き始めた。彼女を突くたびに野獣のようなうなり声をあげて。

アリアドネは生き返った。この瞬間まで、本当の喜びを知らなかったかのように。まるでこれまでの自分は不完全な人間だったかのように。

この二十八年間、私はこれを知らずにどうやって生きてきたのだろう。ディオニュソスが自分の中にいる喜びを知らずに。

これには危険を冒すだけの価値がある。すべてを賭ける価値がある。

彼女は呪文のように彼の名を繰り返し呼んだ。彼の顔を見つめながら。彼がテセウスでないことは明らかだ。ディオニュソスは野性的で、荒々しかった。黒い目はぎらぎらと輝き、唇は半開きになり、肉食獣のような歯をきらめかせていた。

アリアドネはようやくディオニュソスを手に入れた。けれど、まだ飽き足りなかった。彼は彼女の奥深くにいるのに、もっと近くに感じたかった。そこで、両手を彼の肩にまわし、爪を彼の肉に食いこませた。そして、満たされたいという欲求と、解放されたいという欲求で泣き叫んだ。これが永遠に続いてほしかった。

彼女は脚をディオニュソスの腰に巻きつけ、より深く、もっと深く、彼を受け入れようとした。二人の肌は汗でぬめり、淫らな音があたりに響く。

アリアドネはもはやバージンだとは感じなかった。もうそこまで来ている。待ちに待った瞬間が。

そして、彼が自らの解放が近いことを示す叫び声をあげたとき、アリアドネは彼の名を叫びながら、力いっぱい抱きしめた。

そして、二人は同時にのぼりつめた。

しばらく、アリアドネは精根尽きたようにぐったりと横たわっていたが、満足してはいなかった。一度で満足できるわけがない。この欲求はそう簡単に満たされるものではない。

「アリアドネ……」

ディオニュソスがキスをしてくれた。優しい。これまでのどのキスとも違っていた。

彼の唇は故郷のようで、懐かしさのあまり彼女は泣きたくなった。

この瞬間こそ、アリアドネが望んでいたすべてだった。彼の抱擁はとても強く、固く、確かだった。

ディオニュソスが離れ、彼女の隣に仰向けに横たわった。「これで状況はすっかり変わったと思わないか？」

たちまちアリアドネは冷水を浴びせられたような気持ちになり、固まった。「そうなの？」

「当然だ。人工授精について考える余地はない。きみが妊娠するのに、医学の力は必要ない」

彼女は腹部に手を添えた。傷つき、突然の変化に戸惑っていた。

「あなたが望んだのはそれだけなの？」アリアドネは思わず尋ねた。「試験管の中での妊娠を避けたかっただけ？」

「もちろん、そうじゃない。ただ、もう僕たちの間にはなんの障害もない。兄への敬意と、きみが失ったものへの敬意から、僕はきみに触れるつもりはなかった。だが、真実を知った今、きみは僕のものだと確信している。アリアドネ、僕の子を兄の子だと偽ることは許してもいい。ただし、それは僕の父が生きている間だけだ。父が死ねば、世界は真実を知るだろう。だが、そのときにはもう、なんの支障もない。きみは僕の妻になるのだから」

「なんですって？」

「きみは僕と結婚するんだ、アリアドネ。なぜなら、きみは僕のものだから。それを世間に知らしめるつもりだ」

9

アリアドネの奥深くに我が身をうずめた瞬間、ディオニュソスはすべてを悟った。

彼女は僕のものだ。

なんの疑問も、なんの躊躇もなかった。こうして彼女を手に入れた以上、二度と手放すものか。

「お父さまも喜ぶでしょうね」アリアドネはそう言って、彼から顔をそむけた。

ディオニュソスは彼女の腕をつかみ、彼女がベッドを出ていくのを阻止した。「きみは、僕が〈カトラキス海運〉の経営に参画するためだけに、こんなことをしたと言いたいのか？　父に認められたいがために？　きみは僕が言ったことを何も聞いていなかったのか？」

彼の胸の中で怒りの炎が燃え上がった。

「わからない」アリアドネは力なく答えた。

「これだけはわかってほしい、アリアドネ。僕はきみを初めて見たときから、きみを求めていた。兄と婚約していることを知っていながら、なぜきみにキスをしたと思う？　なぜ危険を冒したと思う？　実のところ、危険などなかったからだ。きみを手に入れるか、手に入れないか、そのどちらかで、それ以外のことは付随的なものにすぎなかった。僕がきみを奪わなかった唯一の理由は、きみが僕を避けているように見えたからだ。そして、きみは兄を選んでしまった。だが、きみはもう僕のものだ。それが金や、僕以外の誰かを喜ばせることと関係があると勘繰るなら、きみは愚かとしか言いようがない」

ディオニュソスは彼女の手を放すと、アリアドネはベッドを出て立ち上がった。

彼女の裸身にディオニュソスは圧倒された。これまで数えきれないほどの女性を見てきたが、こんなふうに圧倒されたのは初めてだった。もはや彼の頭の中にはアリアドネしか存在しなかった。

彼の欲望の対象は最初から彼女だったのだ。

しかし、彼はまた、欲望をより聞こえのよい洗練された感情とは混同しないよう、彼女にも認識していてほしかった。

テセウスはアリアドネに情熱を感じていなかったようだが、ディオニュソスは彼女に情熱しか感じていなかった。

もし彼がもっとごく普通の男だったら、彼女が自分と同じように感じていないことが気になったかもしれない。あるいは、それが彼を思いとどまらせたかもしれない。ディオニュソスは彼女も自分と同じであってほしいと願った。アリアドネも一緒に情熱の炎を燃やしてほしいと願った。

「私は自由だったためしがないの、ディオニュソス。私は若くしてあなたのお兄さんと結婚した。バージンロードを歩くずっと前から、私はそうすると決めていた。なぜなら、あなたは私に、あなた以外の男性に嫁いだほうがいいと思わせるようなことばかりしていたから」

「そして、きみは僕にそっくりな男を選んだ。みんな、きみには想像力がないと思うだろう」

「やめて。あなたとテセウスは似ていない。少なくとも私からすれば、全然違う。あなたにキスされた夜、私は嘘をついた。テセウスに、自分自身に。彼と間違えたと思いたかったから。でも、本当はあなただとわかっていた。だから、怖くてたまらなかった。私はあんなこと……望んでいなかった」

「きみの言うとおりだ。すまなかった」言葉とは裏腹に、彼は喜びを噛みしめていた。

「私はずっと、欲望を心の奥に閉じこめてきた。だって、もしそれを吐き出したら……父と同じになってしまうから。私の父は愛人を使い捨てにしてきた。ロマンティックな恋愛に見せかけた欲望が武器以外の何かになるのを見たことがない。欲望で誰かを破滅させるか、欲望に破滅させられるか、そのどちらかしかない。そんな欲望はいらない。だから、より安全だと思うほうを選んだ。あなたの世界では、私は安全ではいられない。そうでしょう？」

「そうかもしれない」ディオニュソスは険しい表情で答えた。「だが、僕は絶対にきみから離れない。それは約束する。もし僕がきみへの執着心を捨てられるなら、ずっと前にそうしていたはずだ」

「あなたは数えきれないほど多くの女性とベッドを共にしてきた。あなたが私に魅力を感じているからといって、それがずっと続くとは思えない」

「きみにキスをした夜、僕は童貞だった。きみを欲してはいたが、セックスまでは望んでいなかった。そして、もうきみを手に入れることはできないとわかったとき、僕はセックスにのめりこんだ。必ずしも相手がきみである必要はないことを自分に証明するために。セックスに特別な意味はないことを自分に証明するために。きみの言うとおり、これまで無数の女性と寝てきた。だが、アリアドネ、何も変わらなかった。僕はきみに会うたび、狂おしいほどの欲望に苛(さいな)まれた」

アリアドネは立ち上がり、室内を歩きまわった。

「きみは兄の完璧な妻だった。とてもきちんとしていて、とても控えめで。その仮面を、僕はどれほど引き剥がしたかったか。きみたちの家できみにキスをしたい衝動に何度駆られたことか。きみの夫が隣の部屋にいるときに。そんな悪魔の衝動と決別したくて、きみに結婚の誓いを破らせる手立てを何百通りも考えた。だが、僕は結局、別の道を見いだし、奔放なセックスへと走った。だからといって、僕がきみに抱き続けた感情を軽んじるのはやめてくれ」

彼女の胸が大きく波打ち、ディオニュソスの視線はそこに引き寄せられた。

「私たちはお互いを知らなかった」

アリアドネは足を止め、彼を見つめた。「互いを知っていたことがあったかどうかもわからない。あなたは、私がテセウスと愛し合っていると思いこんでいた。私は彼の恋人だと。私は私で、キスはあなたにとってゲームにすぎないと思っていた」

「だとしたら、きみは正しい。僕たちはお互いを知らなかった。僕は知っていると思っていたが。きみも、この島で、ほかの誰も知らない方法で僕を知っていると思っていた」

「ディオニュソス、あなたは私を愛していたの？」

その言葉は鋭いナイフのように彼の胸を切り裂いた。「そう思っていた。だが、乗り越えた」

「だけど、私の裸を見たいという欲望は乗り越えることができなかったのね？」

「僕が乗り越えたのは、人生はおとぎ話のようなロマンスに満ちているという幻想だ。きみに出会ったとき、僕はそれを信じたくなった。きみが僕の抱える闇に光を投げかけてくれたからだ。僕はそれを愛だと思った。欲望の最初のほとばしりだったにすぎなかったのに。チャンスはたくさんあったが、僕は二十歳まで誰とも寝なかった。きみへの思いこそ真実の愛に違いないと信じ、貞節を守っていたんだ。だが、きみの言うとおり、ロマンティックな愛など苦痛以外の何ものでもないと気づいた。人が〝愛〟と呼ぶものは欲望にすぎないと。それはほかの飢えと同じで、きみがチョコレートケーキを愛するように、僕のきみへの欲望は単なる嗜好であり、変えようとしても変えられない。それは常に、僕が最も欲しているものなんだ。しかし、愛ではない」

「つまり、あなたは愛を信じないのね？」

「ああ。いかなる形であれ。人生とは、いつでも壊れる可能性のある絆（きずな）の連続と言っていい。僕は双子で、兄と胎内で結ばれていたのに、僕たちは互いを信頼していなかった。兄がきみを連れていったとき、僕は兄に裏切られたと思ったが、何も言わずにじっと耐えた。そしてきみにキスをし、今度は彼のほうが弟に裏切られたと感じた。しかし、兄は自分自身の秘密を抱えていたが、僕には何も言わなかった。一緒に育ち、顔の形まで同じなのに、僕たちは信頼し合うことができず、本当の意味での絆を維持することができなかった。双子の兄弟ですらこんなありさまなのだから、他人と絆を結び、それを維持するなど、不可能と言っていい」

アリアドネはしばし無言で彼を見つめたあと、尋ねた。「結婚についてはをどう思っているの？」

「僕はきみを支える。きみがＣＥＯとして仕事をしている間、僕は子供の模範になる。父にはどう話してもかまわない。僕にとってはどうでもいい。きみは友情に基づいてテセウスと結婚したのだから、僕とだった結婚できるはずだ。何が違うんだ？」

彼はその答えを知っていた。彼とアリアドネは友人ではなかったからだ。だが、彼女は気づいていなかったのかもしれないし、今それを認めないかもしれない。たとえ、心の奥底ではわかっていても。

「あなたは誠実でいてくれるの？」

「もちろんだ」

「信じられないわ。この何年もの間、あなたは私にまったく関心がないように見えたのに……。あなたをどう見たらいいのかわからない」アリアドネはさっきの彼の言葉に倣って言った。

「きみも僕も多くの秘密を抱えている。僕たちは最初からやり直さなければならない」

彼女はうなずいた。「そうね、結婚するのは待ったほうがいいと思う。赤ちゃんが生まれてからにしましょう」

「まだ妊娠してもいないのに?」妊娠のために何をするかを考えたとたん、ディオニュソスは下腹部が張りつめるのを感じた。彼女の影響力は計り知れない。「赤ん坊の誕生後に結婚すれば、夫が死んだあとで僕たちが愛し合うようになったと見せかけることができると?」

「夫が亡くなった直後に、私が夫のベッドを飛び出してあなたのベッドに飛びこんだように見られるよりはましよ」

「だが、実際にきみはそうした」

「でも、私がテセウスのベッドに入ったことはないし、あなたも今はそれを知っている」

「きみが浮気に走らなかったのが信じられない」

アリアドネは目をしばたたいた。「言ったでしょう、私が欲しかったのは安全だと。情熱に伴う危険を冒すなんてありえない。テセウスは私に安全を与えてくれた。家はもちろん、家族も赤ちゃんも与えてくれるはずだった。彼は私のかけがえのない友人だった」

「きみにはそれで充分だったわけだ」

「ええ。でも、彼にとっては充分ではなかった。テセウスが苦悩する姿を見るのはつらかったけれど、やがて彼は愛を見つけた。その時点で私は、離婚しても彼を失うことはないと信じていた。私たちはすでに家庭を築いていたから」

「そして今、きみには僕がいる」ディオニュソスは心なしか悲しげに言い、彼女を見つめた。

アリアドネは彼の視線を受け止めた。「テセウスとの結婚がどういうものか、私にはわかっていた。私たちはプライベートでは親友で、公の場では仲のよい夫婦を巧みに演じた。いずれにせよ、どんな結婚生活かはっきりと想像できた。でも、あなたとの結婚がどんなものかは想像できない」

「セックス以外は？」

アリアドネは目をそらし、頬を染めた。

「これが僕の約束だ。僕はきみをほかの誰かや何かの代わりにしない――絶対に。誓ったことは守るし、自分のものは自分で守る。これ以上の真実はない」

アリアドネが近づいてくるのを見て、ディオニュソスの心臓が跳ねた。鼓動が速くなる。

「私、孤独に疲れてしまった……。あなたと結婚するわ、ディオニュソス」

彼女は緑色の目を輝かせてそう言った。

10

もう限界だった。

とはいえ、結婚しようがしまいが、アリアドネはディオニュソスに縛られていた。

亡き夫との間にできた子供の代わりに、ディオニュソスの子を身ごもろうと思ったときから、彼への思いが肩に重くのしかかっていた。体を重ねる前から。

今はもう、彼の子をテセウスの子供だと永遠に偽ることはできないと、アリアドネにはわかっていた。

義父に嘘をつくことはできても、子供には嘘をつけない。ディオニュソスをこの件から切り離さない限りは。

突然、アリアドネは恥ずかしさに打ちひしがれた。彼女がディオニュソスに頼んだことは、あまりに利己的だった。テセウスのためだというのは、自分の決断を正当化するための言い訳にすぎなかったと気づいたからだ。

たぶん、私は彼が欲しかっただけなのだ。さもなければ、こんなふうにあっさりディオニュソスに身を委ねることはなかったに違いない。彼女はずっと彼を求めていた。なのに、怖くて逃げた。その挙句、ディオニュソスを使い勝手のいい物として利用しようとしていたのだ。彼を男性として見るのを避けて。

すぐそばに座っている彼が魅力的な男性であることは否定できない。鍛えあげられた肩と腕は、彼の強さの象徴だ。胸は広く、対照的にウエストは細い。

またも欲望が頭をもたげた。

これは運命だと信じたかった。けれど、どれも運命とは思えなかった。これにはテセウスの死と流産が関係していたからだ。

そもそも、運命なんて、単なる欲望をほかの何か高尚なものに仕立てたい人が使う言葉にほかならない。自分に納得させるために。

「なぜ僕と結婚しようと思ったんだ？」

ふいにディオニュソスに尋ねられ、アリアドネはどぎまぎした。「あなたが頼んだからよ。というか、そうするよう強要したから」

彼は笑った。「それだけが理由か、アリアドネ？　きみは、僕が指をくいと曲げて呼びかければ、すぐに飛んでくるのか？」

その言葉には二重の意味が込められているとアリアドネは確信した。

「私はあなたなしではいられないの」

「きみは僕が欲しいのか？　それとも僕の家族とのつながりが欲しいのか？」

「私はすでに〈カトラキス海運〉を手にしているから、当然あなたの家族とのつながりもあるね」そう反論しながらも、彼の言葉がナイフのように肌を刺したのは否めなかった。「それに、赤ちゃんのことはあなたの言うとおりよ。私たちの子供は父親がだれか知るでしょう」

「ありがとう、わかってくれて」

「でも、子供は欲しくないとあなたは言っていた」

「確かに望んだことはないが、きみと一緒に子供をつくりたいとは思うようになった」

「つくるだけでなく、育てなくてはならないのよ」

「その点は、どうすればいいかわからない。だが、それはきみも同じだろう？」

「ええ、私もわからない。でも、私たちは学べるわ――一緒に。私たちの子供には……」

アリアドネは言葉につまった。テセウスとディオニュソスは同一人物ではないからだ。けれど当初は、二人は遺伝的に見分けがつかないのだから、ディオニュソスの子供ではあっても、テセウスの子供も同然だと思っていた。しかし、今の彼女は、ディオニュソスとテセウスはまったく違うと知っていた。

「生まれてくる赤ちゃんには、あなたの力が必要なの……」

ふいにアリアドネの脳裏にこの島で過ごしたときの記憶がよみがえった。二人で見つけた自由が。

彼女は今、なぜかそれを追体験したくなった。

「海に連れていって」

アリアドネが頼むと、ディオニュソスは身を起こし、手を差し出した。彼女は無言でその手を取った。

二人は夜の闇へと足を踏み出した。ディオニュソスは島の地理を心得ていて、彼女は安心して彼に身を委ねた。

ほどなく海岸に着くと、彼はアリアドネを抱き寄せて岩場から海に飛びこんだ。十数秒後、息も絶え絶えに互いにしがみつきながら海面に浮上すると、ディオニュソスは荒々しく彼女にキスをした。数年前、未遂に終わったキスを完結させるかのように。

そのキスは炎であり、必然だった。

ディオニュソスは彼女の曲線に沿って撫で下ろし、狂おしいほどに彼女の欲望をかきたてた。

こうして触れられ、抱かれるのは、アリアドネが望みうる最高にすばらしい感覚だった。

彼女はすべての懸念と恐怖から解放され、欲望に溺れることを自分に許した。

「ディオニュソス……」アリアドネは祈りの言葉のように彼の名をささやいた。どうか彼がけっしていなくなりませんように。

二人は海から上がり、砂浜に身を横たえた。

「この島でのきみは魔法の女性だと、僕はずっと前から知っていた」ディオニュソスが言った。「僕はその魔法を取り戻したくて、この島を買ったんだ。

だが、本当は魔法でもなんでもなかった。現実そのものだったんだ。この島で過ごした十代の頃から」

突然、アリアドネは圧倒された。二人の間にある真実に。彼らが行き着いた現実に。

私は彼に、私を愛しているかどうか尋ね、彼も同じように尋ねた。

私はディオニュソスを愛していたのだろうか？

私がテセウスにしがみついたのは彼のほうが一緒にいて楽だったから？

安全と安心を求めた私は、テセウスを選んだ。けれど、何も得られなかった。

そして今、私はディオニュソスに完全にのみこまれてしまった……。

アリアドネは脚を彼のヒップにまわし、彼を刺激した。奪ってとばかりに。

ディオニュソスは身を起こして彼女を組み敷き、耳元にささやいた。「いい子だ」

彼は手と口を駆使して、急がず丁寧にアリアドネを愛撫したが、彼女は我慢できなくなり、腰を揺らして今すぐの解放を、彼としか感じたことのないつながりを求めた。

それに応え、ディオニュソスはいっきに貫いた。アリアドネが思わず彼にしがみつくと、海辺はもう二人だけの世界と化した。

やがて同時にのぼりつめ、二人の叫び声が満天の星空へと放たれた。

彼は正しかったと、アリアドネは余韻に浸りながら思った。これは魔法そのものだ。

しばらくしてアリアドネは半身を起こして肌についた砂を払ったあと、身を乗り出して彼の肩にキスをした。二人はそのまま何も言わずに座っていた。ディオニュソスの胸を撫で、その感触を楽しむ。しかし、彼女は震えていた。今にも巨大な欲望の裂け目にのみこまれそうだったから。自分には理解できない裂け目に。

アリアドネは自分に対して不誠実だった。ディオニュソスの存在が自分にとってどんな意味を持つのかろくに考えようとしなかったからだ。

そして今、もう一つの後悔に彼女は苛まれていた。お互いにもっとよく知り合うチャンスがあったのにみすみす逃してしまい、この数年を無駄にしてしまったという後悔、嘆きにも似た感情に。

それは、ディオニュソスが言うように、愛ではなかったのかもしれない。だとしたら、いったいなんだったのか。アリアドネにはわからなかった。

「できるだけ早く指輪を買ってやろう」

「でも、人前でははめられないわ」この神聖な場所で、二人きりのときだけしかつけられない。義父の目があるから。

この混乱のすべては義父のせいなのだ。

いいえ、多くはあなたのせいよ。

内なる声の反乱に、アリアドネは傷ついた。事実だったから。彼女の臆病さは、テセウスの死後に起きた混乱の原因の少なからぬ部分を占めていた。

「もちろん、それでかまわない。プライベートな場でつけるだけでも、きみは僕のものだとわかる」

アリアドネは焼き印を押されたように感じた。骨の髄まで。

「さて、戻ろうか」

「ええ……そうね」アリアドネはしぶしぶ応じた。戻りたくなかったからだ。まだここにいたかった。野性に戻って、裸のまま、自由奔放に過ごしていたかった。

二人は家に戻ってシャワーを浴び、食事をした。そして、アリアドネは一晩中、ディオニュソスにしがみついていた。朝日が昇るまで一睡もせずに。

その日がすべてが変わる最初の日であることを、彼女は知っていた。

11

僕は勝った、とディオニュソスは胸の内でつぶやいた。けれど、その勝利は単純ながら、複雑でもあった。ずっと望んでいた女性を手に入れたものの、それは兄の死によってもたらされたものだからだ。悲嘆と後悔が少なからずまじった勝利だった。

ディオニュソスは毎朝、彼女を腕に抱いたまま目覚め、それを喜んだ。

彼女が全裸で共有の寝室から出てきて、陽光がさんさんと降り注ぐパティオで朝食をとるのを眺めていると、おのずと感謝の念が湧いてきた。

まるで森の精霊のようだ。それも、とてつもなくセクシーな。

僕はそんなすばらしい彼女を手に入れたのだ。

そして、おまえは彼女をどうしたらいいのかわからずにいる。心の声が口を挟んだ。

ディオニュソスはその声を聞き流した。僕は彼女をどうすればいいか、間違いなく知っている。

彼は頻繁にベッドで彼女をあえがせ、自分の名前を叫ばせた。二人ともこの島の外での仕事や暮らしを忘れ、子づくりに専念していた。

少なくとも、二人はそう装っていた。しかし実際は、失われた年月を取り戻そうとしているように感じられた。アリアドネはバージンを守りすぎた日々を、ディオニュソスは彼女以外のすべての女性と過ごした時間を。

この場所では、年月がたったことを忘れるのは簡単だった。バルコニーでのあのキスが今この瞬間につながっている気がした。その間の十年間、ディオニュソスは死んでいたも同然だった。

だからこそ、会社を立ち上げることに全力を注ぐのは容易だった。持てる力をすべて注いで父親に逆らい、自分が兄よりも優れていることを証明しようとしたのだ。

コーヒーを飲みながら、アリアドネが太陽に向かって顔を上げた。彼女の目を閉じた美しい横顔を見ていると、その意を強くした。

アリアドネは、テセウスは自分自身を憎んでいたと言った。

もっとも、ディオニュソスも、自分の行動を熱烈に支持しているとは言いがたかった。彼の行動はすべて、怒りから来ていた。そして、すべてはアリアドネのためだった。

ふいに彼女が目を開け、彼を見た。「何？」

「何も言っていないが」

「あなたは何か考えていたわ、大きな声で」

「きみには僕の考えが聞こえるのか？」

「いつも聞こえているわ」

彼はかぶりを振った。「もしそうなら、きみはとっくに僕から逃げていただろう」

「そうね」

その言葉はディオニュソスの傷つきやすい部分を突いたが、おくびにも出さずに言った。「しかし今、きみには逃げ場がない」

「逃げるつもりはないわ。自分で選んだ道だもの」

アリアドネは椅子から立ち上がり、彼の膝の上に座った。彼の下腹部はたちまち張りつめた。彼女の体の柔らかでみずみずしい感触に、ディオニュソスは今にもパニックに陥りそうだった。「だったら、きみは愚か者だ」

「そんなふうに言わないで。あなたは私が欲しいんでしょう？」

彼女の目に宿る確信が彼の胸をえぐった。「答えるまでもないだろう」

ディオニュソスは彼女のとりこになっていた。長い間切望していたものをついに手に入れたのに、まだ何かが欠けている気がした。その何かがなんなのか、彼にはわからなかった。

「いくつかの点で、この数週間は私の人生で最も悲しいものだった」アリアドネは彼を見上げた。「その半面、この数週間は最高にすばらしかった。だから、この数週間をどう考えればいいのかわからず、私は混乱しているの」

彼女の言葉に動揺し、ディオニュソスは尋ねずにはいられなかった。「なぜだ？」

「私は自分の世話をすることに人生の大部分を費やしてきた。そして他人の世話をすることに人生の大部分を費やしてきた。私はテセウスを、彼の盾となって守ってきた。血のつながった妹、あるいは姉であるかのように。それは私が善人だからでもないし、利他的な性格だからでもない。彼の安全な場所をつくることで、私自身にとっても安全な場所をつくりたかったから。彼を守ることで、私は自分自身を守るつもりだった。彼とつながることで、自分はもうけっして孤独にはならないという安心感を得ようとしていた」

ディオニュソスは彼女の目に涙がにじむのを見て、改めて兄に怒りを覚えた。

「だけど、〈ダイヤモンド・クラブ〉で倒れたとき、あなたは私の面倒を見てくれた。人に面倒を見てもらったのは、あのときが初めてだった」

彼はアリアドネに歩み寄った。そして彼女の頬を伝う涙を指で拭った。「アリアドネ、僕がきみの面倒を見た唯一の人間であったなんて、残念でしかたがない。きみは人からもっと優しくされてしかるべき人だ」

「いいえ」彼女はかぶりを振った。「私は誰の世話にもなりたくない」

ディオニュソスは反論したかった。ようやく手に入れたばかりのアリアドネを手放すなど考えられなかった。

長い間、彼は一人で生きてきた。自分のしたいことだけをして。しかし今、彼の一部は切望していた。彼女の世話をすることを。

ディオニュソスはこれまでずっと彼女に欲望を抱き続けてきたが、今はそれ以上に、彼女を大切にしたいという欲求が募った。それは経験したことがないほどの強い欲求だった。

しかし、それについて深く考えるつもりはなかった。なぜなら、彼はこの感情をどう定義していいかわからなかったからだ。唯一確かなのは、アリアドネと結婚すれば、彼女を手に入れることができるということだった。二人の間に子供が生まれれば、アリアドネは間違いなく彼のもとにとどまるだろう。テセウスへの忠誠心から結婚生活を続けた彼女のことだ、必ずや子供への忠誠のために僕と一緒に暮らし続けるに違いない。ディオニュソスはそう確信していた。

　同時に、アリアドネがあまりにも長い間テセウスに縛られていたことを思い出し、兄に対して再び怒りが湧いた。だが、ぐっと抑えた。アリアドネは自らテセウスを選んだのだと自分に言い聞かせて。彼女は安定と安全を求めていたのだ。

　もちろん、アリアドネは情熱など必要ないとも思っていただろう。だが、ディオニュソスはそれを与えた。

　そして、僕は彼女を解放し、自由を与えることもできる。そうしなければならない。

　その決意が彼の中ではばたいた。「僕と一緒なら、きみは完璧な妻を装う必要はない。僕と一緒なら、きみはこの島にいた頃の野性的なきみのままでいられるんだ」

　アリアドネの唇がほころんだ。「ここで私が野生児のように太陽の下で駆けまわっているだけで、ほかには何もしなくていいと言っているように聞こえるけれど、どうしてそう思うの？」

「きみはもう、古いルールに縛られる必要はないからだ」

　アリアドネはため息をついた。「でも、あなたのお父さまが亡くなるまでは、古いルールを守らなくてはならない。彼はいつでも、〈カトラキス海運〉での私の地位を剥奪できるのだから」

「会社での地位を守ることが、きみにとってそんなに重要なのか？」

　彼女の眉間に小さなしわが寄り、返答に窮しているように見えた。冷酷なまでに率直だった以前の彼女の面影はそこになかった。今ならわかるが、彼女はこの数年間、テセウス個人の〝ジャンヌ・ダルク〟として過ごしてきた。そして結果的に、兄はアリアドネを杭に縛りつけ、生きたまま火刑に処される危険にさらしたのだ。

彼女の見方は正しかった。ディオニュソスとテセウスの父親は義理の娘を人質にしている。そして、彼女が解放されるときは、彼女がすべての仕事を失うときなのだ。

そうした展開をアリアドネが簡単に受け入れることができないのは理解できる。だが、ディオニュソスは彼女にそうしてほしかった。ただしその場合、彼は、自分が彼女に提供するものの限界を認めなければならなかった。

もしディオニュソスが彼女の望むものすべてを提供できるのであれば、彼はその見返りにアリアドネにすべてを要求するだろう。

だが、彼にはできなかった。したがって、彼女にすべてを求める資格はない。

「自分らしくいられる場所があれば、それでいいの。私にはそれがなかったから」

その言葉に、彼は打ちのめされた。「兄は親友だときみは言ったはずだ。なのに、兄といるときも、きみは自分らしくいられなかったのか?」

「ええ、そのとおりよ。私はテセウスにすべてをさらけ出していたわけじゃない。私たちはセックスしたことがなかったから。けれど、結婚すると決めたのは私だから、彼を責めることはできない。私は自分の中で燃え盛っているものを恐れていたの」

「情熱を恐れていたのか?」

「ええ。だから、私はそれを心の深い場所に閉じこめた」

ディオニュソスはまたも、剣を手に鎧をまとった女性の姿を見た気がした。

「だが、きみは情熱を抑えこんだことなど一度もない。きみはただ、それをほかのものに向けていただけだ。きみはテセウスを守る戦士だった。兄が最も恥じていた秘密を守り通した。兄と、兄の周囲にいるすべての敵との間に立ちはだかって」

「守護者ね」アリアドネはぽつりと言った。「でも、今はもういない」

ディオニュソスは彼女の顎をつかんだ。「きみは最も勇敢な守護者だった。誰も望まない形で終わったとしても、その事実は変わらない。きみの情熱はあまりにも強い輝きを放ち、完全に抑圧されたことはなかった。そして、情熱は一つではないし、きみの情熱はけっして危険なものではない」彼女の口元に顔を寄せて続ける。「兄が妬ましいよ。きみのその情熱を僕に向けてほしかった。きみは情熱を抑えこんだつもりかもしれないが、僕の目には最初から見えていた。この島で野生児のごとく自由自在に走りまわろうが、経営者として従業員の待遇の改善に尽力しようが、それらはすべて情熱の成せる業なんだ、アリアドネ・カトラキス。そして、きみ自身の役に立ってもいる。それがきみを強くしているからだ。そのことを忘れないでほしい」

アリアドネは一日中、ディオニュソスが言ったこと――自分がうまく抑えこんだと考えていた情熱について考えていた。

彼の指摘は正しい。私はただ、情熱を別のものに振り向けていただけなのだ。だからこそ、テセウスを守ることが私のすべてとなった。それが私の唯一の使命だったから。私はテセウスを守るために、そして自分を守るために、情熱を傾けて防護壁を張り巡らしたのだ。

それが崩れ去った今、アリアドネは新たに情熱を注げるものを確保しなければならなかった。だから今の仕事を続ける必要があった。しかも情熱を多面的なものにしなければならなかった。

なぜなら、まもなく夫ができるから。

彼女は海を眺めながら砂浜を歩いた。足の指の間に感じる砂は温かく、完璧だ。ふと立ち止まり、微風が肌をかすめる感触を楽しむ。風は彼女のドレスもそよがせた。

アリアドネもディオニュソスも、自分の本当の姿を明かすのを拒んでいた。

しかし、ディオニュソスは保護以上のものを必要としていた。彼女も同じだ。保護は、誰かと一緒にいるための一つの方便にすぎなかった。

彼らはそれをよしとしなかった。

二人が話すとき、彼らはいつもお互いの肌の下に潜りこもうとしていた。二人が触れ合うとき、彼らは一つに溶け合う方法を探しているかのようだった。

ディオニュソスは、鎧を着た彼女が目に浮かぶと言った。その感想は的を射ている。というのも、彼女は何かが当たっても傷を負わない方法を見つけていたからだ。だから、何も感じなかった。

そうやってアリアドネはディオニュソスと一緒に暮らしていたのだ。

ディオニュソスが彼女を気遣う以上に。アリアドネは彼を気遣った。それはロマンティックな愛ではない。けれど、気遣いが一方通行に近いという現実は、彼女に痛みをもたらした。だからこそ、鎧が必要なのだ。自分の安全を確保するために。

彼らはどちらも、変わる必要があった。

アリアドネは彼を気遣い、なるべく一緒にいることで自分を変えたいと思っていた。彼の子供を望んでいたからだ。そして、子供を持ちたいのであれば、その子供のためにも自分を変える必要があった。

大変だった。長きにわたって自分を守り続けてきたものを変えようとするのは。

アリアドネは自分を使命感という衣で包んでいた。その使命とはテセウスを守ることだ。

そのおかげで、情熱という厄介な問題に悩まされずにすんでいたのだ。

そのおかげで、ディオニュソスと経験したことで生まれた感情に向き合わずにすんだのだ。ディオニュソスは純粋にアリアドネの友人だった。若い頃は、ただそれだけだった。しかし、年を重ねるにつれて、友情は変質していった。もしテセウスがいなかったら、どんな結末が待っていただろう？

アリアドネはその結末を恐れていた。安全を失い、安らぎを失い、もはや失うものは何もないと気づいた瞬間まで。

その開き直りの中で、彼女はすばらしいものを見つけ、踏み出すべき一歩がほかにもあると感じた。私にはまだ未来があると。

ただ、たとえ自分の問題を解決できたとしても、ディオニュソスの抱える問題を解決することはできない。彼の問題を解決しなければ。

でも、あなたに彼の問題を解決することはできない。心の声が指摘した。彼の問題は彼自身で解決しなくてはならない。

確かに。アリアドネはその指摘に同意した。

ただし、彼女は長い間、他人の問題を解決しようとしてきた。少なくとも、彼らのために絆創膏（ばんそうこう）のような役割を果たそうと。

安全な愛などないことに気づいて以来、アリアドネは苦しんでいた。けれど、愛でないなら、人のために何かをしてやりたいという気持ちは、いったいなんなのだろう？

もし私がそれを手放していたら、テセウスの苦悩を和らげることはできなかったし、ディオニュソスを癒やすこともできなかっただろう。

アリアドネは足を止めて深呼吸をして、自分がどんな人間だったか、考えを巡らせた。

父親を通して、女性がいかに使い捨てにされる存在であるかを知った。

母親を通して、自分は人に捨てられやすい人間だと思い知らされた。

その後、自分の居場所を得るためにテセウスとの結婚に身を投じた。私は彼を慈しみ、彼も私を慈しんだ。二人の友情は厚く、本物だったが、アリアドネにはその中で果たすべき役割があった。彼を守り抜くという役割が。

そして、ディオニュソス。彼は今、ただ私と一緒にいる。

一緒に走り、一緒に泳いだ。

一緒にほほ笑み、一緒に声をあげて笑った。

ディオニュソスは、一緒にいる時間のどこかで、私はありのままでいいと教えてくれた。けれど、それは学びたくなかった教訓だった……。

その教訓を学ぶことを、アリアドネは恐れていた。ありのままでいいとは思えなかったからだ。

なぜかはわからなかった。


ディオニュソスにとってはアリアドネはまだ申し分のない存在で、彼女との結婚を望んでいた。それが愛とは無関係でも、何か意味があると彼女は信じていた。なぜなら、彼があえてアリアドネと結婚する理由はなかったからだ。

では、愛とはなんなのだろう？

アリアドネはその答えを知りたかった。彼女はわからないながらも、愛とは受け取るものではなく、与えるものではないかと、漠然と考えていた。

彼女はディオニュソスについて知っていることを思い返した。彼はアウトドア派だ。感傷的。十七歳にして車を持っていた。今はこの島の所有者だ。そして、文字どおり島の中心に、彼の聖域となる家を建てた。

けれど、彼は孤独だった。

孤独を感じないように、彼は周囲や室内の環境に気を配っているのだろうとアリアドネは推測していた。

　彼女も孤独だった。だから、彼の思惑が手に取るようにわかるのだ。アリアドネはビジネスを通して彼と同じようなことをした。そしてテセウスとの友情を確固たるものにしようと努めた。

　ディオニュソスにとって、それはセックスだった。だが、彼とアリアドネの場合、どんなにすばらしいセックスをしていても、孤独感を払拭することはできなかった。

　二人は体を重ねていても、心は警戒心の強い小動物のように互いのまわりを旋回していた。お互い、もっと近づきたくても、どうすればいいかわからないのだ。

　しかし、アリアドネには考えがあった。彼女は料理が得意で、テセウスとの関係がうまくいっていた頃、二人は料理でつながっていた。一緒に料理をつくり、食べながら、その日一日の出来事についておしゃべりに興じた。

　そこで、アリアドネは家政婦たちに休みを与えてから、彼との思い出にふけった。若い頃、よく一緒に食べたもの、苺(いちご)のケーキとシャンパンを盗んだこと、さらに数々の無謀な冒険を思い出しては、顔をほころばせた。

　そのあとディオニュソスの好物である地元でとれた魚を焼き、リゾットをつくった。フルーツの盛り合わせも用意した。

　それは、アリアドネが島に着いたときに彼がつくってくれたものと似ていた。彼女はその夜のことをよく覚えていたうえ、彼がノスタルジックな人だと知っていた。だから、ある予感があった。クローゼットをあされば、十八歳の誕生日に着たものと似た白いドレスがあるのではないかと。

　アリアドネはすべてのドレスに目を通し、そのドレスを見つけた。彼が意図したかどうかは別として、そのドレスは彼女があの夜着たものと驚くほどよく似ていた。

その白いドレスを着るとき、アリアドネは鎧を脱ぐところを想像した。彼女はそうしようと取り組んでいる最中だった。自分を無防備にさらけ出すことに。彼から自分を隠すものが何もない、ありのままの自分を見せるのだ。鎧を脱いで。

なぜなら、鎧は自分を傷つけるものを寄せつけないだけでなく、受け入れるべきものまで跳ね返してしまうからだ。

あの夜——テセウスとの婚約が公表された夜と同じように、アリアドネは髪を下ろした。

そして、鏡の前に立ち、次なる展開に思いを巡らせた。

12

十年前

部屋は美しく飾られていた。これまでで最高にすばらしい誕生日パーティだった。それが開かれたのはアリアドネのためというより、テセウスのためだった。彼の父親のパトロクレスが二人の結婚を認め、そのお祝いに家と費用を提供したのだ。

美しい飾りつけもごちそうも、けっしてアリアドネのためではない。それでも彼女はかまわなかった。

なのに、どうして悲しくなるのだろう？　その理由が彼女にはわからなかった。なぜ自分の人生が終わったような気がするのかも。

アリアドネはテセウスとの友情に固執し、彼を愛していた。何よりも誰よりも。

とはいえ、大勢の人でごった返す部屋を見ていたとき、アリアドネが捜していたのはテセウスの顔ではなかった。たいていの人がそれを非常識だと思うことを彼女は知っていた。いくら彼がテセウスにそっくりでも。

けれど、そうではない。彼らは似ていなかった。

少なくとも、アリアドネが見る限り。

パーティが始まってから彼女はディオニュソスの姿を見ていなかった。テセウスにダイヤモンドの指輪が輝く手を引かれ、部屋の前に進み出たときも。

さらに、婚約を発表したときも。

長い婚約生活になるだろう。結婚するのは彼女が二十歳になったときなのだから。

だけど、そんなことはどうでもいい、とアリアドネは半ば自棄になって思った。しようと思えば明日にでも結婚できる。でも、何も変わらない。夫とキスをするつもりもなければ、愛し合うつもりもない。

テセウスが招待客の前でキスをしたとき、そこに情熱はなかった。アリアドネは彼を押しのけないよう必死に自制した。なぜなら、彼女はこの偽装結婚に喜んで同意したのだから。けっして強要されたわけではない。

その後、アリアドネは一人でバルコニーに出た。手すりに手をかけ、海が見えるかどうか、闇に目を凝らす。あるいはディオニュソスの姿を捜していたのかもしれない。彼は怒っているだろうか？

アリアドネは彼に何も話していなかった。テセウスのことをまったく信じていない可能性が高いのは彼だった。ディオニュソスは、テセウスとの婚約を信じないに違いない。彼女が彼の兄の秘密を打ち明けない限り。

これが最善の策だった――アリアドネにとっては。

友情には大いに意味がある。

「アリアドネ……」

その声に、彼女はさっと振り向いた。その男性は目に獰猛な光をたたえていた。テセウスと同じ白いシャツに黒のズボンという格好だが、明らかにテセウスではない。そして彼が近づいてきて彼女を抱き寄せたとき、疑う余地はなくなった。

彼の口は野火のようで、その熱はアリアドネのあらゆる部分に広がった。

彼の手を体に感じると、アリアドネは泣きたくなった。逃げ出したくもあり、できる限り長く彼にしがみつきたくもある。この一度きりの情熱を味わうために。

「いったい何が起こっているんだ？」

テセウスの声が聞こえた。彼女はさっとディオニュソスから離れ、テセウスに駆け寄った……。

アリアドネは意識を現在に引き戻した。

あのとき、私はディオニュソスから逃げ出した。彼に惹かれる気持ちが強すぎたから。あまりにも。

それは彼女が望むすべてだった。アリアドネはその少女をいさめたかったが、たいていの場合、同情を寄せた。

なんてむごい状況だったのだろう。当時の彼女が何よりも望んでいたのは、誰かが自分に誠実でいてくれること――約束を守ってくれることだったからだ。それゆえ、もしテセウスとの約束を破るようなことがあれば、彼女は自分を嫌悪しただろう。

ただ、彼女は自分で思っている以上に孤独だったし、男性について無知だった。

今、アリアドネは痛いほどに胸をどきどきさせながら、テラスに出た。あのときとはまったく違う夜の中へ。そしてディオニュソスに夕食の準備ができたことをメールで伝え、ドアに背を向けた。

ほどなく背後から足音が近づいてきた。

「アリアドネ……」

彼女は振り返った。二つの夜が重なって見えた。怒りと情熱と欲望に満ちていた昔の彼と、今の彼。

そして二人の邪魔をするものは何もなかった。ディオニュソスは彼女を抱き寄せ、キスをした。アリアドネもキスを返した。抑えようとしていた情熱と欲求のすべてを込めて。

「ディオニュソス……」アリアドネは彼の口に向かってささやいた。もちろん今夜は、彼が誰であるか知っていたからだ。自分が何をしているかも。

キスは燃え盛る山火事のようだった。彼女がこれを、何よりも彼を望んだから。

すべての悲しみと悲嘆、離れていた年月がその瞬間に失われた。

彼女はディオニュソスにしがみつき、全身全霊でキスをした。今回は逃げることなく。彼女には前回とは違う選択をするチャンスがあったからだ。

「なんてすてきなディナーだ」ディオニュソスは彼女の口に向かってつぶやいた。「だが、僕にとってはきみもごちそうだ、ディナー以上に」

「うれしいわ。ありがとう」

あの夜はこんなふうに終わるべきだったのだ。あのとき、私はこの人を選ぶべきだった……。

彼に抱き上げられて家の中に運ばれ、階段をのぼっているとき、アリアドネはその二つの瞬間を生きている気がした。あったかもしれない瞬間と、今この瞬間を。

あの夜、こうして彼に抱かれていたら、どうなっていただろう？　わからない。でも、彼は今、ここにいて。私を抱いている。

彼も同じことを感じていた。少なくとも、アリアドネがそう信じていることを知っていた。これはただ単に一緒にいる以上のことだと。これは二人の関係の再構築であり、清算だと。

最初からやり直すチャンスだと。〝あったかもしれない〟ことをよみがえらせるチャンスだと。

ただし、〝あったかもしれない〟ことだけではなく、あなたは別の選択もできるのよ。内なる声がささやく。あなたは彼を選ぶことができる。

彼女の心は翼が生えたかのように舞い上がった。ディオニュソスがドレスを剥ぎ取り、床に投げ捨てると、アリアドネは彼の体に飢えた視線を注いだ。彼がすべてだった。アリアドネは呪文のように彼の名を何度も何度も唱えた。

この瞬間、彼女の人生のすべてのピースがはまった気がした。

テセウスは弱く、アリアドネを必要としていた。だから、彼女は明確で明白な運命から目をそむけた。そして、ディオニュソスが果敢にも彼女を抱き寄せてキスをしたとき、彼女は彼から逃げた。怖くてなす術がなかったから。

ディオニュソスは私を傷つけるかもしれない――そう思ったから。

アリアドネはテセウスと一緒に、先が見通せる人生を選んだ。心を打ち砕かれる恐れがない安全な男性と歩む人生を。

テセウスを大切に思ってはいたが、アリアドネが本当に選んだのは彼ではなく、安全だった。彼女の前には二本の道があった。そのうちの一つは荒々しく輝かしい世界へと至る可能性を秘めていた。しかし、彼女は潜在的な喜びよりも、安全を選んだ。自分には喜びを手にする価値があるとは感じていなかったからだ。

私はいつも自分は充分じゃないと感じていたのだろうか?

テセウスが亡くなったあと、アリアドネは再びその疑念に苛まれていた。最初の妊娠も奪われた。

けれど今、彼女はここにいる。ディオニュソスと共に。そして、自分は充分だと感じていた。私は喜びに満ちた人生を送るのに値すると。

アリアドネが大きく息を吸ったとき、ディオニュソスが再びキスをしてきた。固い唇を押しつけられ、彼女は息苦しさを感じた。同時に、心から安心感を覚えた。

彼女は彼の筋肉質の体に隈なく手を走らせ、その感触を記憶にとどめた。

ディオニュソスは彼女のものであり、アリアドネは彼を心の底から求めていた。

愛とはなんなのだろう？

彼も私を求めている。

ディオニュソスは唯一無二の存在で、彼女の体のあらゆる部分を欲しがっているように見えた。そして、彼女は今のままで充分だと考えているようだ。

彼は私を愛している。

アリアドネはそれを知っていた。確信していた。パティオの向こうに海があるのを知っていたのと同じように。

そしてまた、彼女もディオニュソスを愛していた。

だからアリアドネは彼から逃げたのだ。愛が怖かったから。

実のところ、彼女は一方的に恋に落ちるのを恐れていた。だから、自分に欠けているものに気づかれることのないように、けっして心から恋に落ちることも、自分が愛されることもない男性を選んだのだ。すべてを背負って失敗するのはいやだった。

けれど、そんな消極的な人生はもう終わりにしたかった。アリアドネは今、すべてを求めようとしていた。すべてを、彼を。

アリアドネは彼の体にキスをし、彼の前にひざまずいて、硬く張りつめた興奮のあかしを手で包みこんだ。それから唇で挟んで、舌で味わった。どれだけ愛しているか、どれだけ求めているか、彼に伝えたかった。

「あなただけ」アリアドネはささやいた。

ディオニュソスが彼女の髪をつかんで制するまで、彼女はそうやって彼を喜ばせた。彼が彼女を立ち上がらせ、キスをするまで。

彼はアリアドネの脚を自分の腰に巻きつかせ、何度も貫いた。こんなふうに相性がいいのは自分たちだけだと彼女に思い知らせるかのように。

これこそが情熱だった。

アリアドネは満たされた気持ちになり、快感に身を委ねて彼の肩にしがみついた。解放はすぐさま訪れ、口から彼の名がほとばしり出た。次の瞬間、ディオニュソスが咆哮し、彼女をぎゅっと抱きしめ、奥深くで自らを解き放った。

「愛している」アリアドネは思わずささやいた。

ディオニュソスは彼女を放し、あとずさりした。

彼が明らかに困惑しているのを見て、アリアドネは自分が何か間違いを犯したことを悟った。

いいえ。彼女は即座に否定した。私は間違ってなどいない。

アリアドネは言わなければならなかった。たとえそれが受け入れられなくても。たとえそれが悲惨な結果を招こうとも。

そうしなければならなかった。もう闇の中で生きるのはうんざりだった。

「ディオニュソス、愛しているわ」

彼は顔をそむけ、両手に顔をうずめた。

「私、何か間違ったことを言ったかしら?」尋ねずにはいられなかった。

「アリアドネ」彼は彼女のほうに顔を向けた。その目は荒々しく、血走っていた。「そんなことは言わなくていい。僕との結婚に同意したからといって、そんなことを口にする必要はない」

「どうしてこれが結婚と関係があると思うの？」

「きみが再婚を望んでいるのは、愛とは関係がない理由だからだ。きみにすべてを捧げる準備ができていないのに、きみに要求するべきではなかった。もう二度とそんなまねはしない」

「あなたは私を愛している」アリアドネは確信を込めてきっぱりと言った。

「それだけでは、充分じゃない」

「いいえ、充分よ。あなたは私にとって充分よ」

「僕が言いたいのはそういうことじゃない」ディオニュソスの表情が急に冷たくなり、口調もよそよそしくなった。「あのとき、僕はきみの望みを叶えてやれなかった。もしそれができていたら、きみは兄と結婚しなかったはずだ。たとえ兄を守るためであっても」

「私はあなたと比べて彼を選んだんじゃない。わかっているはずよ。私はあなたより恐怖から逃れる道を――安定を選んだの。でも、もう終わり。私は恐怖から逃げるつもりはない」

「もう終わったことだ。僕たちの関係に愛が介在することはない。僕たちは愛し合っているときみが思うこと自体が、これを終わらせなければならない理由になる。きみはテセウスを選んだ。その事実がすべてだ」

「私は今、あなたを選んでいるの」アリアドネは辛抱強く言った。「彼を選んだのは、当時はあなたを愛しているという事実を受け入れるのが怖かったからよ」

「兄が死ななかったら、こんなことにはならなかった」

「いいえ、それは違う」アリアドネは胸がえぐられたように感じながらも、きっぱりと否定した。「だって、私たちはいずれ、お互いの道を見つけたはずだと心から信じているから。ディオニュソス、あなたは私の運命の人よ。あの日、私が〈ダイヤモンド・クラブ〉に行ったとき、あなたはそこにいた。あれは運命が引き合わせてくれたのだと、私は信じているの」

「きみは兄の資格を引き継いでクラブに入会していた。きみがそこにいたのは、魔法でもなんでもない。まして運命だなんてありえない」

「あなたは私の試金石だった。私の目に見えた唯一の未来はあなただった。一緒にいたいと思ったのはあなただけだった。それがわからない？　あの夜のバルコニーで、あなたは私を恐怖に陥れた。情熱はもとより、あなたそのものが怖かった。なぜなら、もしあなたを手に入れることができなかったら、私は死んだも同然だと思ったから。だから、あなたそっくりの人と安定を手に入れるほうが幸せだと思い、私は逃げた」

「それで何が変わったんだ？」ディオニュソスは明らかに彼女に挑んでいた。

「私よ。私が変わったの。自分がどんなふうに生きてきたかに気づいたから。自分の人生で起きた不幸な出来事に、自分の人生を左右されるなんてばかげているって。もうそんな生き方はやめようと決めたの。人に愛されるより、人を愛するほうが幸せだと気づいたから。そして、相思相愛になれば、もっと幸せになると気づいたから」

アリアドネは彼をまっすぐに見つめた。

「だから、私があなたを愛しているのと同じように、あなたが私を愛せないのなら、私は立ち去るしかない」

「なぜ今になって、すべてを危険にさらすんだ？」

十年前、アリアドネはリスクを、自分が傷つくのを恐れすぎていた。挙げ句の果て、親友を失い、深い傷を負った。

テセウスは本当の自分を、真実を生きる直前に死んだ。そこから何も学ばなかったら、彼に顔向けできない。私は自分の真実に沿って生きなければならない。

私とディオニュソスには輝かしい人生を送ることを可能にする愛がある。恐れることは何もない。

自分に正直になるべきだ。

「なぜなら、私は大切な存在だから。そのことに気づいたのは、あなたのおかげよ。出会った瞬間から、あなたは私を一人の人間として扱ってくれた。私が何かおもしろいことをするのを待っていた。私に頼み事をしなかった。あなたを救う必要もなかった。あなたはありのままの私を愛してくれた。たとえそれが単なる友人としてだったとしても。もっとも、私はそうは思っていないけれど。とにかく、あなたにまつわる過去の出来事を振り返って、私は自分が何を望んでいるのかはっきりとわかった。私はあなたと一緒にいたい。でも、私にはあなたを癒やすことはできない。あなたは自分で自分を癒やす方法を見つけなければならない」

アリアドネは震えながら深く息を吸った。

「私はあなたに進むべき道を見つけさせなければならない。私にはその勇気がある。あなたにキスをされたあの夜、私はあなたから逃げた。でも、逃げなければよかったと後悔している。だから、もう逃げない。そのことをはっきりさせておきたいの。私はあなたに猶予を与えているのよ。次にどうするか自分で決められるように。私が誰かを癒やすのに充分な存在でない以上、あなはた独力で自分の進むべき道を見つけるしかないの」

そう言いながらも、アリアドネはつらくてたまらなかった。けれど、続けるしかない。

「愛しているわ、ディオニュソス。だからこそ、あなたと別れなければならない。たとえあなたが納得できなくても」彼女はまばたきをして、涙をこらえた。「荷造りをするわ。それからパイロットに電話をして、迎えに来てもらう」

「そうか……。もちろん、パイロットは必要だ」

「私は世界でも有数の富豪の一人よ」アリアドネは再び涙をこらえて言った。「なのに、今は何も持っていない気がする。怖いけれど、むしろ恐怖を感じているほうが、自分は当然の要求をしているのだと思うことができる」

アリアドネはくるりと彼に背を向け、立ち去った。

電話をかけ、迎えの飛行機を待つ間、あまりのつらさに胸が引き裂かれそうだった。

しばらくして彼女はバッグ一つを手に浜辺の滑走路まで歩き、飛行機に乗りこんだ。

今まさに彼女は島から、ディオニュソスから離れようとしていた。かすかな希望と夢を残して。

これは勇気のいることだった。そして恐ろしい賭けだった。

しかしアリアドネは、これが最終的に二人の幸せを実現する唯一の方法だと知っていた。

古傷を放置しておくとどうなるか、治すための努力を怠るとどうなるか、彼女は知っていた。

イギリスに戻るまで、アリアドネは泣き続けた。

最近、人生をつかさどる神は私に不親切すぎるんじゃないかしら？

だが、これが彼女の選択であり、すべてがうまくいくことを願うしかなかった。ディオニュソスがアリアドネへの愛に気づくことを。

さもなければ、何もかもが本来あるべきようにはならないと、アリアドネは信じていた。

ディオニュソスは彼女の運命の人だった。

13

ディオニュソスは洞窟の中でじっと座り、隅にある岩塩ランプの柔らかな光を眺めていた。そして急に立ち上がり、岩塩ランプを横倒しにした。塩が粉々に砕け散る。

続けざまにもう一つのランプも。

同じように床一面に薔薇色の破片が飛び散った。

癒やしはどこにあったのだろう？　僕の中で癒やされているものは何一つない。すべてが壊れている。

アリアドネは、僕を愛していると繰り返し告げた。だが、誰も僕に寄り添ってくれなかった。愛を告白されたことは、これが初めてではない。そして、どの告白も僕の心を動かしはしなかった。

彼女は僕の兄を選んだ。僕が放蕩者だったからだろうか。そうとは思えない。

僕はテセウスに代わって父の拳を受け止めていた。父と兄の間に割って入り、兄の盾となった。テセウスを守るために、あえて父親の鉄拳の標的になったのだ。

にもかかわらず、テセウスは僕からアリアドネを奪った。

兄は彼女を愛してさえいなかった。少なくとも僕のようには。だがテセウスには、弟の望みをないがしろにしてまでも、彼女を手に入れなければならない理由があったのだ。

ディオニュソスはアリアドネと心を通い合わせていると思っていたが、彼女が選んだのはテセウスだった。

あなたはありのままの私を愛していると、アリアドネは僕に言った。だが、彼女は僕に同じことを口にしたことがあっただろうか、ありのままの僕を愛していると？

自分が怖かった、と彼女は言った。

そうだ、確かにそう言った。だが、アリアドネは僕を打ちのめした。

そして、おまえはまた彼女を失うのか？　内なる声が問う。なんのために？

今失わなくても、いずれ失うのが目に見えていたからだ。

僕は何度も何度もアリアドネを失うだろう。ほかの女性と同じように。

ディオニュソスはこれまで、永続する愛を一度も見たことがなかった。そのため、自分が誰かを愛せるとはどうしても思えなかった。実際、女性との交際が長続きしたためしはない。自分が価値ある存在であることを相手に示せたためしもなかった。

僕はどうすればよかったのだろう？　これからどうすればいいのだろう？

アリアドネは危険を冒した。僕のためにすべてを捨てるという危険を。

それでも……。

ディオニュソスには島があった。洞窟もある。それで充分だった。

だが、すべては彼女の代わりだろう？　再び内なる声が口を挟んだ。おまえはそれを知っている。

そうだ。僕はこの家を建て、この洞窟をつくり、父親の暴力的な気分を避けるために、よくここに身を隠した。

さらに、この場所全体を、アリアドネなしでも正気を保てるように構築したのだ。

そして今、ディオニュソスにはこの場所しか残されていないが、まったく不充分だと感じていた。こんな場所になんの価値もない。アリアドネがいなければ。

彼女は危険を冒した。なぜおまえにはできないんだ？　内なる声が問いただした。

今、ディオニュソスは臆病者になっていた。

あのキスを再現したい、とアリアドネは言った。逃げることを選んだ瞬間を再現し、逃げる代わりに踏みとどまりたい、と。だが実のところ、彼はあのとき彼女を追いかけなかった。それが真実なのだ。

そう、僕は臆病者だったのだ。

アリアドネが自分と同じ気持ちではないかもしれないと最初に感じたとき、彼はあとずさりした。前に突き進むのではなく。

二度目も同じことの繰り返しだった。

ディオニュソスは廃墟さながらの洞窟の真ん中で凍りついた。

洞窟は聖域などではなく、彼の魂を映す鏡であることに気づいたからだ。空っぽで孤独。

そして今は……壊れている。

僕は彼女を手に入れる。

そうしなければならない。

僕はアリアドネを追いかけ、自分の気持ちを伝えるだろう。きみを愛していると。

そんなふうに考えたとたん、彼は心の中の何かが修復されるのを感じた。つまり、知らず知らずのうちに心のどこかが壊れていたのだ。

ディオニュソスはそのことに気づいていた。しかし、自分が本当に必要としているのはアリアドネの愛であることには気づいていなかった。

アリアドネは正しかった。彼はすでに彼女を愛していた。

あらがっても無駄だった。

ディオニュソスは心の底から彼女を愛していた。

そして、もし彼女を求めなければ、彼自身が不幸の源になり、彼は自分を責めなければならないだろう。何年も前にそうするべきだったように。

彼女は逃げたかもしれないが、ディオニュソスはみすみすそれを許したのだから。

もう二度と同じ過ちは犯さない。彼は固く誓った。僕はアリアドネを愛している。なんとしても妻にする。

アリアドネは、計算どおり生理が来なかったとき、ショックを受けるより、諦めが先に立った。

彼女は妊娠していた。ディオニュソスの子を。当初の計画を推し進めることもできたが、そのつもりはなかった。

ディオニュソスを失った今、ほかのことはどうでもよかったからだ。

ただし、子供はなんとしても産むつもりだった。ほかに選択肢はない。これこそが勇敢に生きるということであり、自分に正直に生きるということだった。それはつらいことでもあった。

けれど、アリアドネは恐れていなかった。正直な話、子供にふさしい最高の母親になれるかどうか、心もとない。しかし、どうすればいいのかわからなくなることを、もう恐れてはいなかった。

自分は成長できるとわかっていたからだ。変われることも。もっと勇敢に、もっとよい人間になれることもわかっていた。

アリアドネはかつての自分を誇りに思っていたし、祝福していた。

たとえ、現在の自分が惨めなほどに悲しい境遇に置かれていたとしても。

今日、アリアドネはパトロクレスと会う約束をしていた。その心構えはできていた。

義父はまだ〈カトラキス海運〉の本館にオフィスを構えていた。彼女はすぐに通された。

彼はデスクの向こうに座っていた。ずいぶん小さくなった気がする。加齢のせいだろう。この小さくてしなびた男が数えきれないほど多くの問題を引き起こしてきたのだ。そのことに、アリアドネは今さらながら驚いた。

パトロクレスはかつてはひどく恐れられていた。しかし、今は……。

彼は長男を失った。息子の本当の姿を知らないまま。彼がひどい父親であったがゆえに。

そして今、アリアドネは義父にテセウスの真実をぶつけることができた。亡き夫に成り代わって。

だが、義父はけっして理解しないだろう。彼は絶対に成長しないし、頑として変わらない人だから。まともな人間になるために必要な努力はけっしてしないだろうから。

「アリアドネ、きみはしばらく姿を見せなかったが、何かあったのか?」

「ええ、いろいろと。お父さまに話さなくてはいけないことがあるの。実は……流産したんです」

パトロクレスは鋭い視線を彼女に注いだ。「それは残念だ」

「ええ。でも、また妊娠しました」

「そうか。テセウスは万が一のことを考えていたわけだ」

アリアドネは首を横に振った。「いいえ、テセウスの子ではありません。ディオニュソスの子なの」

彼女は、ディオニュソスとの間に何が起ころうとも、おなかの子の父親について偽るつもりはなかった。たとえ彼と一緒になれなくても。

そしてディオニュソスにもはっきりと言うつもりだった。父親になるチャンスを与えると。彼がその気になればすばらしい父親になると確信していた。

「ディオニュソスだと?」パトロクレスは荒々しい声で言った。「これで、状況は一変したな」

「そうおっしゃると思ったわ。私はかまいません。

あなたが私からすべてを奪っても、気にしない。もうあなたのゲームにはつき合わない。テセウスと私はあなたを喜ばせるために生きてきた。それは彼にとってとても大切なことだった。でも、彼がいない今、もうあなたのことはどうでもいい。大事なのはこの会社で働く人たち。私には彼らを守る義務があるし、私は申し分のない業績をあげてきた。だから、私に〈カトラキス海運〉の経営を続けさせるべきだと思う。私は今おなかの中にいる子供を、テセウスの子だと嘘をつくこともできた。たとえあなたが科学的に証明するよう迫っても、父親が双子の場合は難しかったでしょう。でも、私は正直に話したことで、あなたはそれなりの力を持つことになる。あなたにはなんの価値もないのに」

「そこまで言うなら、きみには我が社から出ていってもらうしかないな」

「思ったとおりの言いぐさね。でも、一つ知っておいてほしいの。私は今後数年間で事業を拡大する計画をすでに立てています。もしあなたが、テセウスが経営を引き継ぐ前のやり方に戻したら、この会社は消滅するでしょう。プライドを保つために私を切り捨てるのはあなたの自由よ。でも、遠からずあなたはすべてを失う羽目になる。選ぶのはあなたよ、従業員を搾取するばかりのひどい会社に戻して破綻するか、私に経営を任せて〈カトラキス海運〉をさらに飛躍させるか。願わくは、テセウスがやろうとした仕事を私に引き継がせて。結局のところ、私たちはまだ子供でつながっているのだから」

アリアドネは義父に背を向けてドアのほうへ歩き始めたが、途中で足を止めた。

「あなたの二人の息子は、あらゆる同年代の人たちの中で最もすばらしい男性だと、あなたも知っておいてほしい。私はテセウスを愛していました。けれど、彼が本当に気にかけていたのは、自分は充分な人間ではない、不完全な男かもしれないということだった。でも、彼もディオニュソスも申し分のない善良な人間で、二人とも常に私の友人だった。でも、ディオニュソスはあなたとはまったく別の人生を築いた。だから、あなたは彼のことが嫌いなのでしょう。ディオニュソスは父親を必要としていないことを証明しようと懸命に働き、それを成し遂げた。私はテセウスを友人として愛しているけれど、結局のところ、私が望んでいるのはディオニュソスだった。なぜなら、彼はあなたがいかに役立たずかを証明しているから」

言い終えるなり、アリアドネは大きく息を吐き、再びドアに足を向けた。

これは賭けだった。彼女は負けてすべてを失い、従業員を窮地に陥れてしまう恐れがあった。

もしそうなったら、私は誰にも頼ることなく、やり直すしかない。解雇された従業員全員を雇用して。そして、次世代に引き継ぐ遺産をつくるのだ。カトラキスの新たな遺産を。

テセウスのやろうとしたことすべてに敬意を表して。

ディオニュソスのすべてに敬意を表して。

なぜなら、彼女が産むであろう子供はその両方を知るだろうから。

アリアドネの子供がカトラキス家の伝統について学ぶとき、彼女はそれが善なる意図で貫かれていることがわかるようにしておきたかった。

もちろん、彼女はその一部になるのだ。

アリアドネは本部ビルを出て、自宅に向かって歩きだした。どうやって興奮した神経をなだめればいいのかわからない。彼女は震えていた。ディオニュソスの声を聞きたかった。

そうよ、彼に電話をかけなければならない。赤ん坊のことを話さなければ。

アリアドネは自分のタウンハウスのある建物のロビーに入った。その瞬間、彼女の目はディオニュソスの姿をとらえた。こちらに背を向けている。

あの夜、あのバルコニーでの彼とまったく同じだった。立場が逆であることを除けば。

気づいたときには、アリアドネは彼に向かって歩きだしていた。「ディオニュソス……」

彼が振り返るなり、アリアドネは彼にしがみついてキスをした。こんなことをしてはいけないことも、これが最後のチャンスであることもわかっていたが、どうしても彼に触れたかった。

同時に、アリアドネはこのような瞬間から目をそらすまい、逃げるまいと誓っていた。

だから彼女は踏みとどまった。

「アリアドネ……」彼はかすれた声で言った。「ここで何をしているの？」

「もちろん、きみを迎えに来たんだ。やむにやまれず」彼は大きく息を吸って続けた。「アリアドネ、愛している」

アリアドネの心臓が跳ねた。続いて動悸。「今、なんて？　あなた、私を愛しているの？」

「そうだ。僕は愚かで、臆病だった。愛がどんなものかも知らなかったんだ、アリアドネ。きみへの気持ちは本物だとはわかっていたが、それが何かはわからなかった。ただ、ずっと怖かった。きみを失うのが。自分が誰にとっても充分ではないとわかっていたから。そして、結局は恐れていたとおりになった」

「お願い」アリアドネは彼の手をしっかりと握りながら言った。「どうかわかって。あなたが充分じゃなかったわけではない。むしろ充分すぎて、私は圧倒されてしまった。だから逃げたの。でも、もう逃げない」深呼吸をして気持ちを落ち着かせる。「私、妊娠したの。そして、パトロクレスに会って話したの、おなかの子はあなたの子だって。だから、私は近いうちに〈カトラキス海運〉に関するすべての権利を失うと思う」

ディオニュソスは呆然(ぼうぜん)とした。「きみは妊娠したのか？」

「ええ、あなたの子を」

「なぜ父に言ったんだ、僕の子だと？」

「あなたが私の赤ちゃんの父親であることが誇らしいから。それに、あなたが私の最愛の人であることも誇らしく思うから、彼に知ってほしかった。みんなに知ってほしかった。私は常に勇敢でいようと、常に正直であろうと誓ったの。けっして逃げたりしない。安全でいたいがためにもう自分を抑圧したりもしない。だから、私は今、安全ではないから、あなたがここにいてくれて本当にうれしい」

ディオニュソスは彼女を抱きしめた。「きみが出ていったあと、きみを必要としていないと自分を納得させるために、僕はあらゆることを試みた。だが、自分をごまかせず、やっぱりきみが必要だと思い知らされた。きみは僕に欠けているものを補ってくれる。きみの言うとおり、きみは僕の運命の人だ、アリアドネ。僕たちが一緒にいたときほど、完璧だと感じたことはなかったのだから。そして今、僕たちはすべてを理解してここにいる」

「愛しているわ、ディオニュソス」

「僕も、きみを愛している」

二人の愛は〈ダイヤモンド・クラブ〉で、あの空っぽのスツールから始まった。あるいはずっと昔、あの島から始まったのかもしれない。

一つだけ確かなことは、アリアドネはディオニュソス・カトラキスを全身全霊で愛しているということだった。

エピローグ

アリアドネは三つ子を妊娠していると知ったとき、夫に強い口調で言った。〝こんなことが起きるのはカトラキス家の遺伝子のせいよ〟

二人はすぐに結婚した。世間がどう思うかなど、もはや気に留めなかった。

もちろん、噂(うわさ)は立った。けれど、アリアドネは気にしなかった。

妊娠中、彼女はほとんどベッドで過ごさなければならなかったが、驚くほど平穏に推移した。そして、アンドロクレス、アドニス、アキレスが八歳になるまで、彼女は〈ダイヤモンド・クラブ〉の正会員に戻れなかった。

アリアドネが率いる新たな海運会社は、〈カトラキス海運〉を完膚なきまでに叩(たた)きつぶした。彼女は〈カトラキス海運〉を解雇されたすべての従業員を好待遇で迎え入れた。

結局、アリアドネは苦境に陥った〈カトラキス海運〉をパトロクレスから買い取った。

彼女には、それは正義のように感じられた。

ジェームズを三つ子の名付け親に指名し、テセウスの富のほとんどを彼が受け取るようにしたのも、同じく正義だ。アリアドネとディオニュソスはまた、ジェームズを会社の最高財務責任者(CFO)として迎え入れた。

数年後、ジェームズが〈ダイヤモンド・クラブ〉に入会したとき、この堅苦しいクラブは大いに盛り上がった。

また、テセウスの遺灰を、彼を真に讃(たた)える墓標を立てて墓地に埋葬できたことは、ほろ苦い喜びとなった。

ジェームズの最愛のパートナー
アリアドネの最愛の友人
ディオニュソスの最愛の兄

　ジェームズとディオニュソスは急接近し、かけがえのない親友となった。

　自分ほどにはディオニュソスがテセウスを知らなかったことを、アリアドネはいつも嘆いていた。それゆえ、ディオニュソスがジェームズを通してテセウスを深く知るようになったことを、心から喜んだ。

　そして十年後、ジェームズが再び恋人を見つけたとき、アリアドネとディオニュソスは、三つ子と一緒に結婚式に出席した。

　一卵性の三つ子の男の子たちは、縦横無尽に式場を走りまわり、両親は手を焼いた。

　もちろん、アリアドネは彼らを愛していた。夫を愛するように。

　二人は忙しかったが、できる限り時間をつくっては、あの島でのんびりと過ごした。

　連れてきた子供たちが走りまわったり、泳いだり、遊んだりするのを見て、あの頃を思い出しながら。

　ある夜、二人だけでこっそり泳ぎに行った。若かりし頃のように。アリアドネは海の中で夫に近づき、首に腕をまわしてキスをした。「知ってる？　私は世界でいちばん豊かな女なのよ」

「ああ、聞いたことがある。きみは金持ちだ」

「お金のことじゃないわ。私たち夫婦のこと」

「ああ」ディオニュソスはほほ笑んだ。「僕たちはいつでも世界一豊かになれる。体も心も」

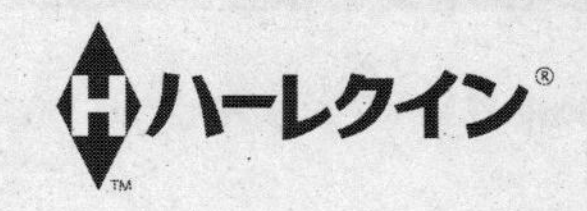

すり替わった富豪と秘密の子
2025年2月20日発行

著　　者	ミリー・アダムズ
訳　　者	柚野木　菫（ゆのき　すみれ）
発 行 人	鈴木幸辰
発 行 所	株式会社ハーパーコリンズ・ジャパン 東京都千代田区大手町 1-5-1 電話 04-2951-2000（注文） 0570-008091（読者サービス係）
印刷・製本	大日本印刷株式会社 東京都新宿区市谷加賀町 1-1-1

ISBN978-4-596-72185-3 C0297

2月28日発売 ハーレクイン・シリーズ 3月5日刊

ハーレクイン・ロマンス
愛の激しさを知る

二人の富豪と結婚した無垢〈独身富豪の独占愛 I〉	ケイトリン・クルーズ／児玉みずうみ 訳	R-3949
大富豪は華麗なる花嫁泥棒《純潔のシンデレラ》	ロレイン・ホール／雪美月志音 訳	R-3950
ボスの愛人候補《伝説の名作選》	ミランダ・リー／加納三由季 訳	R-3951
何も知らない愛人《伝説の名作選》	キャシー・ウィリアムズ／仁嶋いずる 訳	R-3952

ハーレクイン・イマージュ
ピュアな思いに満たされる

捨てられた娘の愛の望み	エイミー・ラッタン／堺谷ますみ 訳	I-2841
ハートブレイカー《至福の名作選》	シャーロット・ラム／長沢由美 訳	I-2842

ハーレクイン・マスターピース
世界に愛された作家たち
〜永久不滅の銘作コレクション〜

紳士で悪魔な大富豪《キャロル・モーティマー・コレクション》	キャロル・モーティマー／三木たか子 訳	MP-113

ハーレクイン・ヒストリカル・スペシャル
華やかなりし時代へ誘う

子爵と出自を知らぬ花嫁	キャサリン・ティンリー／さとう史緒 訳	PHS-346
伯爵との一夜	ルイーズ・アレン／古沢絵里 訳	PHS-347

ハーレクイン・プレゼンツ作家シリーズ別冊
魅惑のテーマが光る
極上セレクション

鏡の家《ハーレクイン・ロマンス・タイムマシン》	イヴォンヌ・ウィタル／宮崎　彩 訳	PB-404

※予告なく発売日・刊行タイトルが変更になる場合がございます。ご了承ください。

今月のハーレクイン文庫

2月1日刊

珠玉の名作本棚

「コテージに咲いたばら」
ベティ・ニールズ

最愛の伯母を亡くし、路頭に迷ったカトリーナは日雇い労働を始める。ある日、伯母を診てくれたハンサムな医師グレンヴィルが、貧しい身なりのカトリーナを見かけ…。

（初版：R-1565）

「一人にさせないで」
シャーロット・ラム

捨て子だったピッパは家庭に強く憧れていたが、既婚者の社長ランダルに恋しそうになり、自ら退職。4年後、彼を忘れようと別の人との結婚を決めた直後、彼と再会し…。

（初版：R-1771）

「結婚の過ち」
ジェイン・ポーター

ミラノの富豪マルコと離婚したペイトンは、幼い娘たちを元夫に託すことにする——医師に告げられた病名から、自分の余命が長くないかもしれないと覚悟して。

（初版：R-1950）

「あの夜の代償」
サラ・モーガン

助産師のブルックは病院に赴任してきた有能な医師ジェドを見て愕然とした。6年前、彼と熱い一夜をすごして別れたあと、密かに息子を産んで育てていたから。

（初版：I-2311）